逃亡医

仙川 環

祥伝社文庫

目次

1章　失《しっ》踪《そう》

見つめられている。そんな気がした。

買ったばかりの白いまな板の上に、丸々と太った鰺《あじ》が一尾載っていた。鰺の目は深い海を思わせる黒で、胴のまん中から尾に向かってのびる鱗《うろこ》は鋼《はがね》のように光っている。その部分をゼイゴと呼ぶことをネットでレシピを検索して知った。

鹿川奈月《かがわなつき》は包丁を握りなおした。頭を切り落としたいのに、魚に見つめられているような気がして、頭の付け根に包丁を当てられない。

動物性タンパク質は、つまるところは死骸《しがい》である。綺麗に切り分けられ、白い食品トレーに載っていると、そうと意識せずにすむけれど、丸のままでまな板に載っていると、死骸そのものに見えてしまう。

馬鹿なこと。

包丁をまな板に置くと、苦笑いを浮かべた。

ついこの前まで、人の死体を目にすることも珍しくなかったのに、鰺一匹に怯《おび》えるなんて自己矛盾も甚《はなは》だしい。そう思いながら、包丁を握りなおす。

わざわざ新宿のデパートに出向いて買ってきた鯵だった。なんとか、自分で、三枚おろしにしたかった。

手間や暇《ひま》をかけた料理は奈月にはできない。作ったものを見栄《みば》え良く皿に盛るなんて、とてもじゃないけど無理だ。部屋をすっきりと片付け、気の利いたインテリアで飾ることもできない。アイロンがけも、ほとんどやったことがない。

警察学校に入って以来、暮らしというものをないがしろにしてきたせいで、三十七歳の女が身につけていて当たり前のスキルもセンスも奈月にはなかった。

できれば来年あたりから、一緒に住もう。

譲《ゆずる》はそう言ってくれた。

一緒に住むならば、家事は当然、奈月が担当することになる。完璧にというわけにはいかなくても、居心地のいい部屋にしたい。

でも、最近分かってきた。自分は不器用なのだ。はっきり言って主婦には向いていない。退職して以来、時間は腐るほどあるので、雑誌を買い込んで、料理や収納法などを勉強してみたが、どちらもそう簡単には上達しなかった。

落ち込んでいたとき、最近、魚をおろせない女性が増えているという記事を見かけた。うまくできたら、自分に対して自信が持てるような気がした。すべての家事が苦手なわけじゃないと思いたい。だから、どうしても三枚おろしをマスターしたい。

鯵の目を見ないようにしながら、頭の付け根にざっくり包丁を突き立てた。

意外なほど手ごたえがなかった。魚の頭はあっさりと胴体から切り離された。それを親指と人差し指でつまみ、流しの隅に置いてある三角コーナーに放り込むと、濡れ布巾でまな板についた血を丁寧にぬぐった。

頭が取れると、死骸というかんじはしなかった。パック詰めされた切り身と大差ない。これなら、大丈夫。今日おろしたばかりの小出刃《こでば》の切れ味はなかなかのものだし、うまくできるような気がしてきた。

次の手順を確かめようと冷蔵庫を見る。パソコンで検索してプリントアウトしたレシピが扉に張ってある。腹に包丁を入れ、刃先で内臓をかき出すとあったので、頭が欠けた鯵を縦に置き直す。

鯵の腹に包丁の先をあてがって一気に手前に引こうとしたとき、玄関のチャイムが鳴った。

リビングルームのサイドボードに置いてある時計を見ると、午後三時過ぎ。譲は、七時過ぎに来ると言っていたし、宅配便が来る予定もなかった。セールスの類《たぐい》だろう。

チャイムはしつこく鳴り続け、訪問者はついにドアを拳《こぶし》で叩き始めた。

たとえセールスマンにせよ、わざわざ訪ねてきた人がドア一枚を隔てたところにいるのに、無視を決め込めるものではない。

魚の血がついた指先を水で洗い流すと、エプロンで手を拭きながらインターフォンを取った。

「鹿川さん！」

聞き覚えのある女の声がした。声の主を思い出そうとしていると、相手が名乗った。

「ポエムの増田遼子《ますだりようこ》です」

青梅《おうめ》街道沿いにある喫茶店の店主だ。

コーヒーにトーストとサラダがついて四百五十円のモーニングを週に二、三度食べに行っていた。徹夜明けで疲労困憊だった日、自家製野菜ジュースをサービスしてくれたので、お礼に実家から送って来た柿をお裾分けしたのを機に、急速に親しくなった。インフルエンザでダウンしたとき、他に頼める人がいなかったので、食事を届けてもらったこともある。

だが、彼女はどちらかと言えば控え目で、礼儀正しい。連絡なしに自宅まで訪ねて来たのは意外だし、声も妙に上ずっている。

戸惑《とまど》っていると、遼子が言った。

「お願いがあるんです。うちの息子の父親がいなくなって……」

鼻をすり上げるような音がした。泣いているのかもしれない。

「ちょっと待って」

奈月はそう言うと、玄関に向かった。

ドアを開けると、いつもはポニーテイルにしている髪を肩の下まで垂らした遼子が立っていた。目が赤く充血しており、涙をぬぐったような跡があった。普段から疲れている印象がある女だったが、疲れているどころか病人のように見える。

「鹿川さん、お願いします。うちの子の父親を捜してください」

遼子はいきなり食いつきそうな顔つきで奈月を見上げた。目が訴えかけるように光っている。何が起きたのかは分からないが、ただ事ではないとはひと目で見て取れた。

「中に入って」

遼子は、一転、泣きそうな表情を浮かべると、何度も腰を折った。

ドアに鍵をかけてから上がってほしいと彼女に言うと、奈月はいったんキッチンに戻った。駿河《するが》湾の漁港から直送されているから新鮮だと、売り子が太鼓判を押してくれたものだ。室温に放置してダメにしたくない。

手早く鯵を冷蔵庫にしまいながら遼子にソファに座ってもらい、自分は床のクッションに腰を下ろした。

「いなくなったっていうのは、雄樹《ゆうき》君のお父さんのこと？」

奈月が尋ねると、遼子は何度もうなずいた。

「遼子さん、雄樹君が生まれたときからずっとシングルマザーだって言ってたわよね」

「ええ。雄樹の父親とは十二年もの間、音信不通だったんです。でも、どうしても見つけなきゃいけないんです。今すぐに」

遼子が拳に力を込めるのが分かった。

「鹿川さん、警察を辞めたから、時間があるでしょう?」

「時間はあるけど、人を捜すってそう簡単ではないわよ。私で役に立つことかどうか。それより、その人を捜さなきゃいけない理由を聞かせて」

遼子は吐き捨てるように言った。

「あの人、逃げたのよ。ドナーになりたくないものだから」

「ドナー?」

臓器移植のとき、臓器を提供する側をドナーと呼ぶ。そのドナーのことを指しているのだろうか。

「ウチの雄樹、肝臓移植を受けないと危ないんです」

遼子は腹から絞り出すような暗い声で言った。

それから三十分ほどかけて遼子の話を聞いた。

遼子の一人息子の雄樹は、生まれつき肝臓が悪かったそうだ。病名は先天性胆道閉鎖《たんどうへいさ》症。肝臓と十二指腸を結ぶ胆道が詰まってしまう病気で、胆道を通って十二指腸へと流れるはずの胆汁が肝臓に溜《た》まって、肝臓を傷つけてしまうのだという。

雄樹は生後すぐに胆道を開通させる手術を受けたが、期待していたほどの効果はなかった。それでも通院しながらなんとか暮らしていたが、五歳になったときに、遼子の実家から資金的な援助を受け、遼子の肝臓の一部を移植する手術を受けた。

それですっかり健康になったかに見えたが、去年あたりから調子が悪くなり、再び肝臓移植が必要になったのだそうだ。

奈月は雄樹の顔を思い浮かべた。

彼とは何度か店で顔を合わせたことがあった。優しい顔立ちの子だった。男の子には珍しく花が好きなようで、花屋で買ってきたラナンキュラスの鉢を空いている椅子に置いてコーヒーを飲んでいると、「なんという名前なの?」と尋ねてきた。確か、去年の今頃のことだ。

あの子が、重い病気にかかっているとは知らなかったが、言われてみればいつも顔色が悪かったし、背も低く身体の線も年齢のわりに細かった。

「あたしがもう一度、ドナーをやればいいんだけど、一度目の移植の後、肝臓の調子が悪くなって薬を飲んでるんです。ウチの両親も高齢で病気持ちだからドナーにはなれないし。だから、先月末に、あの子の父親に連絡を取って、ドナーになってくれるように頼み込んだんです。彼の名前は佐藤。佐藤基樹《さとうもとき》っていうんです」

佐藤は、雄樹の誕生を知らず、認知もしていないのだと遼子は言った。

奈月は驚いた。

「十二年も音信不通だったのに、よく連絡がついたわね」

「ネットで名前を検索したんです。そうしたら、すぐに職場が分かって」

いくらネットが便利とはいえ、一般の人間の職場がそんなに簡単に分かるものだろうか。だが、話の続きのほうが気になったので、先を促《うなが》した。

「それで佐藤さんは、なんて？」

「親子鑑定をして自分の子だと確認できたら、ドナーになってもいいと言いました。だから、まずはＤＮＡの検査をしようっていうことになったんです。それで、今日一緒に病院に検査に行くはずだったのに、彼は待ち合わせ場所に来なかったんです」

じつは昨夜から連絡がつかなくなっていたのだという。携帯に連絡をしても出ないので、不安なまま待ち合わせ場所で待ったのだが、一時間待っても現れないので、勤務先まで出向いて尋ねた。ところが、佐藤は今日は無断欠勤していると言われ、遼子はパニックを起こしてしまったらしい。

遼子は、まくし立てるように続けた。

「きっと怖くなって逃げたんだわ。怖いという気持ちは、あたしにだって分かります。あたし自身もドナーになったとき、ものすごく怖かったもの。でも、雄樹の命がかかっているのに、こんなふうに逃げるなんて許せない。これまであの人に頼らずに、一人で雄樹を育ててきたんですよ。こんなときぐらい……。そう思いませんか？」

詰め寄られて、うなずくほかなかった。

「そうね。それより、雄樹君の移植手術は急ぐの？」

遼子はうなずいた。

「佐藤にドナーの話をした頃は、まだそれほど急がなければならないような状態ではなかったんです。でも、昨日の夜に容態が悪化して、緊急入院したんです。親子鑑定の結果が出たらすぐにでも、移植に必要な手続きを進めたいって、先生もおっしゃってるんです。あの人をみつけて肝臓をもらわないと、雄樹、死んじゃうかもしれない。まだ十一歳なのにそんなのひどい」

死、という言葉を発したことで、不安がこみ上げて来たのだろうか。遼子は顔を両手で覆《おお》って泣き始めた。

「遼子さん、落ち着いて。それより、佐藤さんがいなくなってまだ一日も経っていないのよね」

事件、事故に巻き込まれたという確証でもあるならともかく、無断欠勤したからといって逃げたと決めつけるのはどうなのか。

仮にドナーになりたくないと思ったとしても、逃げる必要はないはずだ。たとえ親子であっても、ドナーになる義務がないことは、ちょっと調べれば分かる。

だから、今日、明日にも戻ってくるのではないか。そのときを待って、改めて雄樹君の容態が急変したことについて説明して、親子鑑定を受けてもらい、協力を求めるのが現実的な対応ではないだろうか。

奈月がそう言うと、遼子は激しく首を振った。

「彼は戻ってこないと思います。無断欠勤が許されるような職場じゃないから、クビになるのも覚悟しているんだと思う」

そこまで断定できないような気がするが……。ただ、ドナーになってほしいと頼まれたら断りたくても断りにくいというのは想像できる。周囲から見たら美談でも、ドナーとなる側にとってはかなりキツイ場合もあるはずだ。子どものためという事情は分かるけれど、彼を過度に追い詰めてしまったのではないか。もしそうならば、もう少しソフトに頼んだほうがよいのではないか。

奈月が口を挟もうとするのを遮って遼子は続けた。

「勤務先の人も心配して、今朝彼のマンションに行ったんですって。大家さんに事情を話して部屋に上げてもらったけど、何も変わったところはなかったそうです。彼の上司が警察にも相談したんだけど、奈月さんが言うように、まだ一日も経っていないから、相手にされなかったたって。先生は院長と相談して捜索願を出すことも考えているようなんだけど、警察って事件性がなければ動いてくれないんでしょう?」

「ちょっと待って。混乱してきたわ。先生って雄樹君の主治医が、捜索願を出そうとしているの? だとしたら筋が違うんじゃないかしら。遼子さんがまずすべきことは、佐藤さんの職場の人に頼んで、彼の親族に連絡を取ってもらうことだと思うわよ」

「あの人、親類縁者らしいものがいないんです。だから……」

そこで遼子は、はっとしたように口を手で覆った。

「すみません、言い忘れていました。佐藤は医者なんです。北原《きたはら》総合病院の心臓外科に勤めています。警察に相談しているのは、北原総合病院の彼の上司です」

北原総合病院といえば、奈月も名前を知っている有名な病院だった。

奈月は考え込んだ。

すべての医者に責任感があるとは言わない。でも、北原総合病院ほどの名の知られた病院の勤務医が、ドナーになるのが怖くなり、職場を放棄してまで逃げるとは思えなかった。医者ならば、臓器提供はあくまで提供者の自発的な意志に基づいて実施するものであり、たとえ血のつながりがある我が子が臓器を必要としていても、提供する義務などないことを知っていて当然だ。遼子が何を言ったとしても、追い詰められて逃げ出すということはないはずだ。

佐藤は、事件か事故に巻き込まれたのか。あるいは、ドナーの件とは別な事情があって、自分の意志で姿を消したのか。そのどちらかだろう。

いずれにしても、せめてあと一日、二日は様子を見たほうがいい。

「警察のほうには、私からも聞いてみるわ。脅《おど》かすようで悪いけど、事故に遭《あ》ってどこかの病院に意識不明の状態で運び込まれたかもしれないしね」

遼子は首を横に振った。

「手術の前に必要な検査のことを考えると、一日も待てません。あたしが動くべきなんだけど、人捜しなんてやったことがないし、雄樹が入院しているから出歩くわけにもいかなくて……。お願いします。引き受けてもらえたら、ちゃんとお礼もします」

「お礼はいいんだけど……」

焦って動くより様子を見たほうがいい気がする。

それに奈月はもう刑事ではなかった。警察手帳なしに、人捜しができるものなのだろうか。携帯電話の通話記録といった基本的な情報さえ、手に入れることができない。あれこれ聞き回ったとしても、どれだけの人が協力してくれるものか……。

そう思っても首を横に振ることはできなかった。目の前に憔悴しきった遼子がいて、手を合わさんばかりに頼みこんでいる。それを、断るというのも……。

部屋の隅の飾り台に載せたラナンキュラスの鉢が目に入った。今年も濃いピンクの花びらが厚く重なった大輪の花をつけている。

去年、この花の名前を教えてやったとき、雄樹は記憶に刻みつけるかのように、何度もその名を口の中で繰り返していた。

「お願いです。このまま、雄樹が死んでしまったら、あたしも生きていけない」

遼子の目の縁《ふち》に、涙の粒が再び盛り上がる。奈月は、覚悟を決めた。どれだけ緊急性があることなのか、遼子の話だけでは分からない。でも、緊急性があったとしたら、ここで依頼を断ったら、雄樹を見殺しにすることにつながりかねない。

「私にできることといったら、佐藤さんの関係者に話を聞くぐらいだけど……。それでよければ、捜してみます」

「ありがとうございます。鹿川さんなら、引き受けてくれると思ってた」

遼子は泣き笑いのような表情を浮かべると、バッグの中から四つに折りたたんだ紙を取り出し、奈月の前で広げた。

「病院のホームページに載っていた佐藤の顔写真です」

家庭用のプリンターで印刷したにしては鮮明な画像だった。まっすぐにカメラを見ていないところが気になったが、目は切れ長で、鼻筋は通っている。ハンサム、と言っていいがどこにでもいそうな顔立ちでもある。目立った特徴は、右目の下にあるほくろぐらいか。目元が雄樹に似ているような気もした。

「年は三十八、身長は百七十五センチで、太っても痩《や》せてもいません」

「佐藤さんが増田さんのお子さんの父親かもしれないということは、他人に話しても構いませんか?」

「さっき北原総合病院では、あたしの口から言ってしまいました。そうでもしないと、埒《らち》があかなかったから」

それはまあ、そうだろう。

「他の人には、あまり言ってほしくないけれど、必要があると判断したら、言ってもらっても構いません。私のほうには隠す理由はないから」

奈月はうなずいた。

「じゃあ、佐藤さんについて教えてください。立ち寄りそうな場所とか、友人関係とか、少しでも手がかりになりそうなことを」

「それが……」

遼子の表情が再び暗くなった。

どういうことなのだろう。

奈月は、ノートとペンを探すために腰を上げた。

北原総合病院は井《い》の頭《かしら》線の神泉《しんせん》から歩いて五分ほどのところにあった。住所は渋谷区になるらしい。八階建ての近代的な建物だった。

遼子からは多くのことは聞き出せなかった。雄樹の病状について聞いた後、肝心の佐藤のことに話題が移った矢先、雄樹の入院している病院から電話がかかってきた。ろくな情報を得ることができないうちに、彼女は家を飛び出していったのだ。それに、遼子と佐藤の間には、十二年間の空白があった。佐藤の行方を追うなら、最近の様子をよく知っている北原総合病院の人間に話を聞いたほうが、有益な情報が得られそうだった。

エントランスのガラスは曇り一つなく磨き上げられていて、まるで鏡のようだった。ガラスに映る自分の姿を見ながら、パーマを当てたセミロングの髪はパンツスーツと最悪の相性だと思った。

パンツスーツを着るのは、二か月ぶりだった。正式な退職は二月末付け、つまり一か月半前だが、その前の二週間は有給休暇を消化していたので、職場には出ていない。

窮屈《きゅうくつ》な服はもう一生、着たくないと、職場にいかなくてよくなってすぐにスーツの大半を処分したが、必要なこともあるかもしれないと思い、一着だけ残してあったのが役に立った。でも、髪はまとめてくるべきだった。全体のバランスというものがある。

一歩中に入ると、ベージュを基調とした落ち着いた内装に目を奪われた。受付カウンターの隣には、巨大な観葉植物の鉢まで置いてある。ホテルのロビーとまではいかないが、奈月の知っている病院とはずいぶん違っていた。職員の制服も、有名デザイナーの手によるものなのか、やけにしゃれている。

　時刻は五時に近かったが、総合受付はまだ開いていた。佐藤の血縁者に頼まれて彼を捜しているのだと告げ、心臓外科の医者ということだったので、佐藤基樹は心臓外科の責任者への面会を求めた。

　佐藤の名を出したとたんに、受付の女性の表情が強張《こわば》った。佐藤の失踪《しっそう》は、病院の末端にまで知れ渡っているらしい。

　彼女は内線電話をかけ、相手としばらく話していた。電話を切ると、硬い表情を崩さないまま、東側のエレベーターで六階に上がるようにと言った。

「係の者がエレベーターの前で待っていますから」

　やけにすんなりと物事が運ぶ。

　喜んでいいものか分からなかったが、言われたとおりにエレベーターで六階に向かうと、まだ二十代とみられる男が立っていた。ワイシャツ姿で腕まくりをしている。

　男は岩田《いわた》と名乗ると、「佐藤先生の知り合いの方、ですね」と念を押すように聞いてきた。

「佐藤さんと直接の知り合いではありません。増田遼子さんに頼まれて、佐藤さんを捜しています。お忙しいところ申し訳ありませんが、佐藤さんについて、どなたかに話を聞かせてもらえないでしょうか」

岩田は丸い眼鏡を人差し指で押し上げた。

「増田さんというと、さっき押しかけてきた女の人ですね。突然のことで、話がよく分からなかったんですが……。とりあえず、心臓外科部長の大下《おおした》先生があなたとお話をしたいと言っています。僕は事務の人間で、ちょうど大下先生と、佐藤先生のことについて話し合っていたところなんです」

岩田はそう言うと、部長室に案内すると言った。

その階には、各診療科のトップや院長の個室が集められているようだった。廊下は建物をぐるりと一周するようなドーナツ型で、両脇に重厚な木製のドアが並んでいる。

奥から二番目の部屋の前で岩田が足を止めた。彼がドアをノックしようとした瞬間、背後から足音が聞こえた。

「ちょっと！」

振り向くと、細身のスーツを着た男が、血相を変えて走ってくるところだった。髪を整髪剤でぴったりとなでつけた神経質そうな男である。岩田が、しまった、というように肩をすくめる。

「大下先生、部屋にいるんですね。さっき連絡が取れないって言ってたじゃないですか。あれは嘘だったんですか！」

男は岩田に詰め寄るようにかん高い声で言った。岩田は、薄い胸を突き出すようにして男と対峙《たいじ》した。

「立野《たての》さん、落ち着いてください。確かにいらっしゃいます。嘘をついたことは申し訳ありませんでした。でも、大下先生からお話しできることは、本当に何もないんです。佐藤先生の件については、こちらも困惑しているんです」

男が鼻を鳴らした。

「他人事《ひとごと》みたいな言いぐさはやめてほしい。患者はどうなるんですか！」

「ですから、先ほどご説明申し上げたように、今夜にでもスケジュールを調整して、水原《みずはら》さんの手術は、大下先生が替わりに執刀《しっとう》します。佐藤先生が戻ったとしても、それから改めて診察となると時間がかかりますしね」

「それでは駄目だ。佐藤先生でなければ困るんです」

「そう言われても……。だいたい、もともと大下先生が主治医だったじゃないですか。ずっと大下先生が診察をしてきたわけで、大下先生のほうが適任だと思いますよ。大下先生は日本でも指折りの心臓外科医ですからね。水原さんが、是非にとおっしゃるから、佐藤先生に主治医を替えたわけですが」

男が眉根《まゆね》を寄せる。

「だから、不満は言わせないとでも？　冗談じゃないですよ。佐藤先生が執刀することをいったん了承した以上、約束を守るのが筋でしょう」

岩田はうんざりしたように、首を回した。

「もちろん、申し訳ないとは思っています。大下先生からも折を見て水原さんに直接、謝罪させていただきます。でも、佐藤先生が見つからない以上、どうしようもないじゃないですか。行方不明だということも正直に申し上げたわけで誠意は尽くしていると思うのですが。それに佐藤先生を捜す努力はしていますよ。現に、今から打ち合わせを……」

岩田はそう言いながら、奈月の顔をちらっと見た。

不毛な会話を終わらせるために、調子を合わせたほうがいいだろう。奈月は、男に向かってうなずいてみせた。

男は二人の顔をしばらく見比べていたが、これ以上、岩田を責めても無駄と悟ったのか、「絶対に佐藤先生を見つけてください」と言って踵《きびす》を返した。

肩をいからせるようにしながら、エレベーターに向かって歩いて行く彼の後ろ姿を見送りながら、奈月は言った。

「佐藤先生って、まだ三十代なのに患者に人気があるんですね」

岩田は困ったように目を瞬《まばた》いた。

「うちの病院の心臓外科自体、病院ランキングで常に上位に入っていますからね」

はぐらかすようにそう言うと、岩田は今度こそドアをノックした。

大下はよく陽に焼けており、白衣を着ていなければ肉体労働者と間違えそうな男だった。無精ヒゲを撫で回しながら、値踏みするように奈月を眺め回す。

「佐藤君の知り合いだそうだが、彼とはどういう関係なの？」

奈月は、岩田と並んで座ると、さっき岩田にした話を繰り返した。

大下は考え込むように太い腕を組んだ。

「増田さん、ね……。彼女、佐藤君は彼女の息子の父親で、ドナーになるはずだったと言っていたが、あれは本当のことなの？　あまりにも唐突な話で、信じていいものかどうか分からなかったんだが……」

「増田さんが嘘をつく理由はないと思います。ただ、佐藤さんが、増田さんの息子さんの父親かどうかまでは、私には判断しかねます。親子鑑定の結果でも見せてもらわないと、なんとも言えません」

「それはまあ、そうだな。私もあなたと同じ意見だ。ところで、あなたは何者？　そもそも調査能力ってあるの？」

大下の言いぐさが、カチンときた。

「さあ、どうでしょう。できる限りのことはするつもりですが」

大下は呆《あき》れたように顔をしかめ、頭を掻いた。

「佐藤君を捜してもらえるなら、こちらとしてもありがたいんだ。無断で休むような男ではないから心配でね。警察にいる知り合いに相談したけど、反応が悪くてね。まだ連絡がつかなくなって一日も経っていないから無理もないんだが。でも、突然現れたあなたにどこまで話していいものか、判断のしようがない」

奈月の肩から力が抜けた。

つい大人げない態度を取ってしまったものだと恥ずかしくなる。何の肩書きも持たないことを相手に見透かされ、必要以上に警戒していた。こういうときは、素直に話すのが一番だ。

「今は無職ですが、二月末まで中野《なかの》署の刑事課にいました。署に電話して確認を取っていただいてもいいですよ。増田さんは、近所に住んでいる知人で、私の前職を知っていたので、私に依頼をしてきたようです」

刑事課という言葉を聞いて、大下は目を丸くしたが、奈月の言葉を鵜呑《うの》みにする気はないらしく、ソファから腰を上げ、部屋の奥にあるデスクで電話をかけ始めた。小声でなにやら話していたかと思うと、いったん電話を切り、再びどこかにかけた。二本目の電話を切ってソファに戻ってくると、大下は奈月に頭を下げた。

「いやあ、申し訳ない。警察にいる知り合いに確認しました。なるほど、刑事さんでしたか。去年、中野の周辺で発生した連続放火事件の犯人逮捕の立役者だったそうで。そんな人に失礼なことを言ってしまったようだ。しかし、驚いたな。女性刑事というものは、もっとごついかんじかと思っていた」

岩田もしきりにうなずいている。

在職中も刑事に見えないとよく言われた。それでも、柔道も剣道も一応、有段者だし、そもそも刑事は体力さえあれば務まるというような仕事ではない。逆に、刑事らしく見えないから、捜査上、得をする場面もいくらでもあった。

「佐藤さんについていくつかのことを教えてもらえますか？　まず、今朝のことです。病院の方が佐藤さんの自宅に入ったと増田さんから聞いていますが、そのときの様子はどうでしたか？」

「そのことなら僕から話しましょう」

岩田が言った。

「佐藤先生は無断欠勤なんて考えられないぐらい真面目な人なんです。今日は午後、休診なのでちょっと外出することになっていましたが、朝の外来に出てこなかったばかりか、連絡がつかないなんて普通じゃない。倒れているのかもしれないと思って、今日の昼前に大家さんに頼んで佐藤先生の部屋の鍵を開けてもらったんです。僕ともう一人の職員と大家さんの三人で部屋に入りました」

変わったことは何もなかったと岩田は言った。室内に荒らされたような形跡はなく、キッチンの水切りかごには、その前日使ったと思われる食器やコップが伏せてあったという。

「大家さんには、怒られてしまいましたよ。でも、結局、まだ連絡はついていないわけで……。警察に勤めている知人に相談して、佐藤先生と背格好が似ている身元不明の遺体は見つかっていないと聞いてはいます」

奈月はうなずいた。

「そのことは、さっき私も元の同僚を通じて確認しました」

今のところ佐藤と思われるような身元不明の遺体は出ていない。交通事故に遭い、意識不明で病院に運び込まれた身元不明者も少なくともこの日の都内にはいなかった。

これから情報が出てくる可能性はなきにしもあらず。その場合、警察から連絡がくるはずだった。佐藤が自らの意志、あるいは何らかの事情があって姿を消したという線で、奈月は動いてみるつもりだった。

「この病院の人が佐藤さんと最後に会ったのは、昨日の夜ということになりますね。そのとき、変わった様子はありませんでしたか？」

大下が即座にうなずいた。

「いつもと同じだった。昨日は診察が終わってからこの部屋で彼と話した。八時過ぎから三十分ほどだったろうか。来月、佐藤君は福岡で開かれる学会に出席することになっているんだが、細かい発表内容を確かめておきたかった。彼は、いま鹿川さんが座っている場所に腰掛けて、気のない様子で私の質問に応じていたよ」

「気のない様子、ですか。それは、何か心配事があって上の空だったということでしょうか?」

「いや、そういうわけではない。佐藤君はもともと、学会とか研究会に関心のない男でね。むしろ、いつも通りの彼だった。今回の学会も、実は私が無理やり出席させたようなものだ。この病院に閉じこもってばかりいずに、外の世界のことも勉強してほしいと思ったんだ」

「勉強、ですか」

「ああ。是非はともかく、医者は腕だけじゃなく、人柄を問われるところがあるからね。佐藤君は、悪い男ではないんだが、どうも偏屈なところがあってね。そのあたりをなんとかしてほしいと思った。一般の人との接し方も学んだほうがいいから、学会と同時開催される市民向けのシンポジウムのパネリストも、私の一存で彼にやらせることにしたんだが、それを昨日知らせたら、不満そうだったな。学会発表はともかく、パネリストだけは今からでも辞退したいと、彼にしては珍しく、食い下がってきた。もう告知されているだろうから無理だと言ったんだが……。まあ、変わったことと言えば、そのぐらいだな。最後は、いつものように分かりました、と言って肩をすくめて部屋を出て行ったよ」

岩田が続けた。

「帰宅直前の様子も、聞いてあります。この部屋を出た後、佐藤先生は心臓外科の医者が共通で使っている控え室に戻りました。しばらくメールチェックなんかをしていたようで、同僚に声をかけて部屋を出たのが、午後九時過ぎ。その場に居合わせた人間は、佐藤先生は急いでいる様子も、変わった様子もなかったと言っています」

「なるほど……。でも、仮に事件や事故でないとすると、その後で佐藤先生は何らかの事情があって、姿を消したということになりますよね」

男が行方をくらます理由といったら、仕事、金、女。そのどれかであることが多い。そのことを告げると、二人はしきりに首をひねった。

大下がやがてしゃべりだす。

「仕事で問題があったとは思えないな。私の知っている限り、患者との大きなトラブルもなかったはずだ。この仕事は激務だし、患者の生死がかかっている。忙しすぎて追い詰められてしまい、鬱《うつ》のような症状を呈して、突然、いなくなる医者がいないわけではないんだが、彼にそんな兆候《ちょうこう》はまったくなかった。だからこそ、倒れているんじゃないかと心配になって今朝、人を彼の自宅にやったんだ」

「では、金銭がらみのトラブルは?」

大下が首を横に振る。

「それもピンとこない。佐藤君は、ギャンブルはしないし、酒もほとんど飲まない。服装だって、いたって地味なものだ」

岩田も同調した。

「マンションもこう言っては失礼ですが、給料のわりにささやかなものでした。部屋にもたいした家具はありませんでした。それに、佐藤先生は両親はもちろん、親戚らしい親戚もいないと言っていましたからね。血の繋がっていない人間の保証人になるような人とは思えません」

勤勉で質素で、仕事や金で失敗した可能性はほとんどない。職場での佐藤基樹は、そのように映っているようだ。

「残る一つは女性ということになるんだが、そういうプライベートなことは、何も言わない男だったから、見当がつかないな。ただ、私も、事故や事件に巻き込まれたのでないとすれば、女性がらみのことなのかなとはちらっと考えたんだ。そこで、岩田君に調べてもらった」

岩田がうなずく。

「結論から言うと、浮いた噂は一切ありませんでした。たいていの医者は、家族サービスだとか、友達の結婚式とかで、土日の当直を融通しあうものですが、あの先生に限っては、自分から当直を替わってくれと言ったことはないそうです。だから、恋人どころか、友達もいないんじゃないかって……」

恋人どころか、友達もいない。

まるで、譲に出会う前の自分のことを言われているみたいで、胸が痛んだ。

大下が続けた。

「念のために言っておくと、彼は嫌われていたわけではないよ。私自身も彼の仕事ぶりは高く評価していたしね。ただ、彼は周りの人間と、積極的に交わろうとはしなくてね。学会や研究会ばかりでなく、職場の飲み会にすら出たことはないと思う。仕事上必要なことはきちんと話すから、強く言うほどのことはないと思っていたんだが……。人と交わらないというより、人嫌いというやつかもしれないね」

「具体的にはどういうことがあったんですか？　嫌われてはいなかったけれど、敬遠されがちだったとか？」

「いや、必ずしもそうではなくて……」

大下はそう言うと、しばらく前、帰り際、一緒になり、駅まで二人で歩いたのだと言った。

「そのとき、後ろから患者さんの家族が追いついてきてね。それで、佐藤君の背中をぽんと、叩いたんだよ。驚かせてやろうと思ったんだろう。よく言えば親しみやすい、悪く言えばなれなれしすぎる年配の女性だった。ともかく、そのとき佐藤君はこっちがびっくりするぐらい狼狽《ろうばい》してしまってね。横顔がさっと強張って、文字通り身体が固まったかと思うと、いきなり走り出そうとしたんだ」

「それでどうなったんですか?」

「患者の家族だろうと見当がついたから、私が佐藤君の腕を摑《つか》んで止めたんだ。相手は恐縮してしきりに謝っていたが、佐藤君は、病院の外なんだし、こういうことはやめてほしいと冷たく言って、そのまま立ち去った。狼狽したことが恥ずかしかったにしても行きすぎだろう」

確かに、それでは人間嫌いと言われてもしかたがないような気がする。それとも、冗談が許せない性質《たち》なのだろうか。

「まあ、そのぐらいかな。でも、何度も言うようだが、仕事は出来る男だった」

「佐藤先生はずっとこの病院で?」

「帝都《ていと》医大病院で研修医をやってからこっちに来たんだが、以来、ずっとここで働いている。もともとは大学病院に残りたかったようだけど、彼の指導教授から、どうも大学病院には向いていないようだが、腕はいいからお前のところで引き取ってもらえないかと言ってきたんだ」

「大学病院に向いていないって、どういうことでしょうか?」

「どう説明したらいいのかな……。大学病院だと、極めて重症な患者や、まれな症例を扱うことが結構あるんだ。前例がないような患者を診るときのプレッシャーは相当なものなんだが、彼はそういうのに強くなかったようなんだな。リスクの高い患者を受け持たせると、混乱しがちだったらしい。逆に言えば、出現頻度が高い症例の患者の場合、きちんと診察し、確実に診察も手術もこなしてくれる。大学病院には向いていなかったかもしれないけれど、ウチのような民間病院にとっては実にありがたい人材と言えるね」

そのとき、岩田が何かを思い出したように膝《ひざ》を打った。

「そういえば、佐藤先生は帝都医大の人とは、今でも交流があるようですよ。年末に帰りの電車で一緒になったんです。珍しくスーツを着ていたから、どこに行くのかと尋ねたら、学生時代の同期で大学に残った人間が准教授に昇進して、お祝いの席に呼ばれたと言っていました」

佐藤が完全に独りというわけではなかったことに、なんとなくほっとする。

「その先生の名前って分かりませんか？」

「そこまでは。でも、確か産婦人科でした」

そこまで分かれば十分だ。この後、会いに行ってみることにする。これ以上、大下と岩田から聞くべきこともなさそうだった。

「この後、看護師さんたちに話を聞かせてもらえないでしょうか。あと、できれば佐藤先生の部屋にも入りたいんですが」

岩田に向かって頭を下げた。

「看護師は、休憩中の人間を探しましょう。ただ、部屋のほうはちょっと……。無理を言って部屋に入れてもらったのに何もなかったから、大家さんがかなり不機嫌だったんですよ。無断欠勤が何日も続いていたならともかく、まだ二十四時間も経っていないわけですから。電話はしてみますが、入れてくれるかどうか分かりません」

「それで構いません。あと、住所を教えていただけますか？　近所の人から話を聞いてみます。こちらは自由だと思いますので」

そう言うと、大下は、ほっとしたようにうなずいた。二人に頼んで携帯の番号を交換させてもらう。

「よろしく頼みます。こんなふうに姿を消されて腹立たしい限りだが、無事であってほしいとは思っている。ところで、移植が必要だというお子さんは、どの程度、危険なの？」

「医者にできるだけ早い移植が必要だと言われているそうです」

大下は目を伏せた。

「それはいけないな。彼は、そのことを知っているんだろうか」

「たぶん、知らないと思います。容態が悪化したのは、昨夜のことで、携帯もつながらなかったようですから」

そう答えながら、ふと思った。

事件、事故に巻き込まれていて、身動きが取れないならともかく、自分の意志で姿を消したとしたら、雄樹の容態が急変したことを知ったとき、佐藤基樹という男は、どういう行動を取るのだろう。

結果を推測するには、彼の情報が少なすぎた。勤務態度が真面目で優秀な医者。しかし、人と交わろうとしない。それ以外、分かったことはなかった。

奈月は二人に礼を言うと、席を立った。

それから、岩田に紹介してもらった看護師二人と順に話した。

休憩室で立ち話程度の話しかできなかったが、佐藤に女の影はない、というのが二人に共通する意見だった。

奈月のほうから、「結構、ハンサムな人だからモテたんじゃないですか?」と話を振ってみても、看護師たちは苦笑いするばかりだった。

「見た目は悪くないけれど、人を寄せつけないところがあった」

「仕事以外に話題もなく、何が楽しみで生きているのか分からない」

佐藤は、そんな辛辣《しんらつ》な評価を受けていた。

「そもそも、佐藤先生は女性に興味ないのかもしれませんよ」と最初に話を聞いた二十代の看護師は言った。

佐藤に憧れ、誘いをかけた同僚看護師がいたのだが、まったく相手にされなかったのだという。

「美人で性格もいい子だったんですよ。佐藤先生にはもったいないぐらい。でも、仕事にしか興味がないから、交際する気も結婚する気もないって断られたって彼女、言ってました。断るための口実かなと思ったけど、あの先生なら、そういうこともあるかもねって、なんだか納得しちゃいました」

その後、別の看護師がアタックしても、同じような結果だったのだという。

健康な男性がずっと女の一人もいない、というのは不自然だ。風俗にでも通っていたのだろうか。

そう言うと、その看護師は真顔で首を横に振った。

「それはないです」

「どうして?」

躊躇《ちゅうちょ》する彼女を説き伏せて聞き出したところ、佐藤は以前、医薬品メーカーからの接待で風俗に誘われ、それを断ったばかりでなく、院長に報告したのだという。

「確かにいけないことだけど、大人げないですよね。その会社の営業さんは、処分を受けたって聞きました」

相当な堅物《かたぶつ》、ということなのか。

職場に隠れて風俗に通う男性などいくらでもいるから、それでシロと決まったわけでもないが、人間嫌いどころか、女嫌い、というのが看護師たちの話から受けた印象だった。

ただ、彼の仕事熱心さは、彼女たちも認めていた。

「休みの日でも、自分の担当している患者さんの要請があったら、遠慮せずに携帯を鳴らしてほしいって強く言うんですよ。で、電話をすると、当直の先生で間に合うことでも、わざわざ病院まで出向いてきて自分でやるんです。人当たりのいい先生じゃなかったけれど、丁寧さでは群を抜いていましたね。まあ、趣味もないし、恋人もいないから暇《ひま》なんだろうって言ってしまえばそれまでなんですけど」

もう一人の年配の看護師はそう言い、「だから、半日以上も連絡が取れないのは心配だ」と唇を引き結んだ。

それ以上のことを二人から聞き出すことはできなかった。話を引き出せていないというわけではなく、彼女たちに話すことがないのだということは、経験から分かった。

事務室に行き、ドアから中を覗《のぞ》き込むと、岩田がすぐに席を立って、廊下に出てきた。

「大家さんに電話してみたんですが、今夜はもう外出してしまったそうなんですよ。奥さんが、明日の朝にもう一度、電話をしてくれって」

明日、大家がＯＫを出すかどうかは分からないけれど、少なくとも今夜は、部屋の中に入ることはできない。

ならば、今夜は帝都医大のほうに回ったほうがよさそうだった。

「分かりました。お手数ですが、明日、電話をよろしくお願いします」

岩田は、人がいないことを確かめるように周囲を見回すと言った。

「それにしても、どうしちゃったんでしょうね……。さっきも佐藤先生の携帯にかけたんだけど、まだ電源が入っていない。やっぱり、何かおかしいような気がします」

「そうですね……。仕事のほうも、いろいろ支障が出ますよね。さっき大下先生の部屋の前で会った人もずいぶん怒っていらっしゃったようですし」

岩田は顔をしかめた。

「あの患者は、ちょっと気難しいところがありましてね。大下先生が執刀すれば何の問題もないんです。むしろ、手術の直前に主治医を替えるほうがおかしいんですよ」

「なぜ、そんなことに?」

「食堂で一緒になった別の患者に、佐藤先生がものすごく丁寧だって吹き込まれたそうです。あと、大下先生は、ちょっとモノをはっきりと言いすぎるところがありますからね。プライドの高い患者には結構、嫌われてしまうんです」

岩田はしゃべりすぎた、というように目を泳がせた。

「ともかく、医者が一人いないと、ものすごく大変なことになるんです。一刻も早く、連絡をつけたい。無断欠勤の理由なんか、僕はどうでもいいんです。戻る気がないのなら辞めてほしい。それだけです。そうしたら、即座に人を雇えます。ウチは無断欠勤が二週間で懲戒解雇って決まっていますが、それから人を入れるとなると、時間的なロスが大きくなってしまう。院長は、三日連絡がつかなかったら、その後、のこのこ現れて言い訳をしたって、依願退職に持ちこんでやると言っています。僕も、そうできるものならそうしてもらいたい」

「病院側としては、やむを得ない判断ですね」

「ええ。でも、大下先生は連絡がつくまで待ちたいようなんです。あの真面目な佐藤君が、何の理由もなく無断欠勤するはずがないから、事情を聞いてやろうじゃないかって。気持ちは分からなくもないけれど、そうなると、現場は修羅場が続いてしまう。混乱を防ぐためにも、是非、お願いします。先ほど、院長とも話しましたが、元刑事さんなら、信頼してもよいだろうってことになりました。なので、もし、調査費用をウチから出したほうがよければ、そうします」

朗報だった。息子の手術を控えている遼子の負担が減る。

といっても、もともと知人から頼まれた人捜しを商売にするつもりはなかった。交通費などの実費だけもらえればありがたいと言うと、岩田はうなずいた。

「では、領収書をもらっておきますので、後で精算を。また、何か情報が入ったら、あるいは思い出したことがあったら知らせてください」

奈月はそう言って頭を下げた。

北原総合病院を出るとすでに暗かった。渋谷というとテレビなどでよく見かける駅前のスクランブル交差点や繁華街《はんかがい》を反射的に思い浮かべてしまうが、このあたりは住宅やマンションが多く、人通りはあまりなかった。

病院を出る前に帝都医大の電話番号と、産婦人科の准教授の名をスマートフォンで検索してあった。芝原馨《しばはらかおる》、というのがその医者の名前だった。

コンビニの前で帝都医大に電話をかけてみた。午後六時を過ぎているのにもかかわらず、交換手は産婦人科につないでくれたので、芝原准教授に取り次いでほしいと告げる。芝原は入院患者の回診中だった。用件を尋ねられたので、芝原の友人を捜しているのだと正直に伝えたところ、相手は伝言メモを残しておくから連絡先をと言った。必要があると芝原が判断したら、かけなおすという意味らしい。

これ以上、粘《ねば》ってもしょうがないので、相手の言うとおり、自分の携帯番号と、佐藤基樹を捜しているということをメモに残してもらう。奈月が礼を言う前に、相手は電話を切った。

今日のところは、もうできることはなさそうだった。報告を入れておこうと思って遼子の携帯にかけてみたが、雄樹に付き添って病院にいるせいか、携帯の電源が入っていなかった。

奈月は駅に向かって早足で歩き出した。

　譲は七時過ぎに来ることになっている。彼より先に家に着けるはずだが、食事作りの時間はほとんどなさそうだった。鰺のタタキのほか、筑前煮《ちくぜん》、酢の物などを作ろうと思っていたけど、限られた時間の中でてきぱきとそれらを用意するのはとてもじゃないけど無理だ。自分の腕では見た目も味もひどいものになるだろう。鰺のタタキは作るとして、他はスーパーで総菜でも買って帰るほうが無難だった。

　中野坂上《さかうえ》のスーパーで二、三の総菜を見繕《みつくろ》ってマンションの部屋に戻ると、まず米を炊飯器にかけた。主婦向けの雑誌には、コメは必ず事前に吸水させろと書いてあったが、この際、仕方がない。次に風呂の準備をした。譲は造園作業員で、三鷹《みたか》市にある小さな会社に勤めている。親方を含めて三人の小所帯だが、個人宅の庭木の手入れのほか、マンション、企業の敷地内にある植え込みや公園の設計、施工といった仕事も手広く請け負っていた。今日は立川《たちかわ》の現場から、直接ここに来ることになっている。

　バスタブを軽く洗って給湯ボタンを押すと、急いでキッチンに戻り、鰺のタタキを完成させた。気がせいているせいか、切り身の大きさがずいぶんばらついてしまったが、すり下ろした生姜《しょうが》と刻んだ細ネギをトッピングしてごまかす。皿にラップをかけて冷蔵庫にしまっているところでチャイムが鳴った。

　急いでドアを開ける。

「お疲れさま」

「うん」

譲の顔色が悪いのが気になった。

「本当に疲れているみたいだね」

「今日はちょっときつかった。親方の腰の具合が悪くて、高い木の剪定《せんてい》は全部俺がやったから」

譲はそう言うと、玄関の上がり口に座って靴を脱ぎ始めた。作業着越しにも、肩の筋肉が盛り上がっていることが分かる。靴にも手指にも土がこびりついていた。

五年前までは大手電機メーカーのシステムエンジニアだったと言っても、誰も信じないと思う。社外での打ち合わせを除いてスーツこそ着なくてもよかったが、革靴を履き、コンピューターのキーボードを叩いていたそうだ。

立ち上がると、譲はいつものように穏やかな笑みを浮かべた。

「でも、勉強になったよ」

「先にお風呂、入るでしょう?」

ほっとしながら言うと、譲は「サンキュ」と言いながら硬い手で奈月の髪をくしゃくしゃにした。

警察を辞めてよかったと思う瞬間だ。この温かい時間を失ってまで、続けたい仕事ではなかった。

譲と初めて会ったのは、二年前の三月だった。

管内で発生した切り裂き魔を先輩刑事の平沢《ひらさわ》とともに検挙した直後だ。

小学生の女児が夜、独り歩きをしているところを狙い、大型のカッターナイフで腕を切りつけて逃走する。そんな事件が、三回続いた。犯人は犯行時に、ジョギングの格好をし、帽子を目深《まぶか》にかぶっていたため、顔をまともに見た人間はいなかった。中肉中背で年齢は三十歳から四十五歳ぐらい。そんなあやふやな情報しかなかった。

被害者および近隣住民への聞き込みから、疑わしい人物が数人浮上したが、逮捕の決め手となるような証拠がなかった。

そんななか、奈月と平沢は、隣町に住む四十三歳の勤め人の行動を洗い始めた。

職場では出来る営業マン、家庭では妻子を大事にする理想の父親として評判だったが、最近、中年太りを解消するため、一念発起してウォーキングを始めたそうで、現場付近で目撃されていた。

尾行をしてみて怪しいと思った。

まさかあの男が、と他の同僚は冷笑したが、平沢は奈月の話を聞いてくれ、捜査に付き合ってくれた。

ウェアが真新しいのに、靴下が黒い。

それが奈月の注目した点だった。何か新しいことを始めるとき、ウェアや用具を揃《そろ》えるのは楽しいはずだ。男には金もあった。なのに、通勤用の靴下をはいているのは、ウォーキングが適当な獲物を探すための口実に過ぎないからではないか。

毎晩のように彼を尾行したところ、ついに十日後、彼は犯行に及ぼうとした。現行犯で逮捕したときの快感は忘れられない。自分の着目した点が正しかったのだ。

ひと段落ついたので、有給休暇を消化するために休みをとって近所をぶらぶらとしていたら、公園で植木市が開催されていた。散歩がてら、冷やかしでのぞいてみたところ、大小様々な植物たちにすっかり魅了された。

枝葉を格好良く刈りこまれた松、大輪の花をたくさんつけているバラの鉢、花壇で育てるのによさそうな、パンジー、チューリップといった花の苗。

まるで植物園のようで、夢中になって見て回った。

せっかくなので、部屋にもひと鉢ぐらい植物があってもいいかもしれない。あまり手のかからなさそうなものを、と思って選んだのが、南京桃《なんきん》の盆栽だった。鉢に挿さっていた説明書きによると、接ぎ木によって作られたもので、赤、白、ピンクの花を咲かせていた。

枝をいじったりはせず、来年も花を楽しめたらそれでよい。そんな気軽な気持ちで買うことにしたのだが、応対してくれた店員は、驚くほど熱心だった。

なんでも、種を播《ま》いてから花が咲くまで三年かかるらしい。兵庫県伊丹《いたみ》市にある知り合いの園芸業者の苦心作なのだという。

それを聞いて、育てる自信がなくなりかけたが、店員は、気に入ってくれた人に買ってもらうのが一番。困ったら電話をしてくれと言って店の名刺をくれた。それが譲だった。

梅雨時、白いカビのようなものが、葉に発生した。少し迷ったが、店に電話をしたところ、すぐに駆けつけて来て、処置をしてくれ、ついでに剪定もしてくれた。

料金を払おうとしたところ、今日は休日で商売ではなくサービスで来たと言って受け取らないものだから、せめて食事ぐらいと思って近所の店に誘った。よく知らない人をそんなふうに誘うなんて普段の奈月からしたらあり得ないことだったが、この人ともっと話をしてみたいと思わせるなにかが譲にはあった。

大きな会社を辞めて造園業者になったという潔《いさぎよ》さ、植物に対する丁寧さ。好きなことをしながら、地に足をつけて生きているのは素晴らしいことだと思った。一方、譲は奈月が刑事だと聞いてさすがに驚いたが、女性なのに立派なことだといって感心してくれた。

食事をしながら、いろんなことを話すうちに、二人には共通点が多いことが分かってきた。食べものの好みといった小さなことから、仕事に対する心構えといった問題まで、二人はよく似ていた。気づいたら閉店時間まで話し込んでいた。携帯の番号とメールアドレスを交換してその日は別れたが、翌日、すぐに譲のほうから電話がかかってきた。

それからほどなく付き合うようになったのだ。

譲が風呂に入っている間に、手早く味噌汁を作り、総菜を皿に盛りつけ、食卓を整えた。食後に飲むつもりの白ワインが冷蔵庫に入っていることを確認していると、パジャマ代わりのスウェットを着て、タオルを首にかけた譲がリビングにやってきた。

「今日は豪華だな」

食卓に着きながら言う。

「そうでもないよ。鰺以外はスーパーの総菜だもん」

「いや、十分豪華だって。それより、鰺、奈月がさばいたの？　すごいじゃないか」

「まあね」

ご飯と味噌汁をよそい、食卓で向かい合う。照れくさいけど、幸せな瞬間だ。

「いただきます」

譲は両手を合わせると、早速箸《はし》を手に取り、旺盛《おうせい》な食欲で料理を平らげていった。それを見ているだけで、充実した気分になる。

数年前までは、こんなことで充実感を得られるなんて思いもしなかった。事件が起きてから、犯人を検挙するまでの、ひりひりとした緊張感。皮膚をナイフですっと切ったら勢いよく血が噴き出すような、そんな時間を過ごさなければ、人は充実できないものだと思っていた。

今は違う。好きな相手と食卓で向かい合うだけでも、人は幸せになれる。そのことに気づくのが遅かった。でも、気づかないまま終わらずによかった。

食事をしながら、奈月は今日あったことを話した。

譲は箸を持ったまま、表情を曇らせた。

「俺にはよく分からないけど、危ない仕事じゃないよな？」

「大丈夫だと思う。捜しているのは、暴力団員とかじゃなく、医者なんだから。それに、雄樹君のことが心配だし」

「まあ、子どもはな……」

譲が目を伏せた。奈月は、そっと譲から視線をそらした。

幸せというのは本当。でも、今の幸せは完璧ではなかった。二度目の食事のとき、譲から自分は形式上は既婚者だと聞かされた。

十歳になる娘もいた。友梨《ゆり》、という名前だそうだ。妻とは五年近く別居を続けていて、いずれ別れることで合意しているが、まだ離婚はしていない。

転職に理解を示さず、子どもを連れて千葉の実家に帰ってしまった妻とやり直すことはないが、子どもが中学生になり、自分たちの話を理解できるようになるまで、籍はそのままにしておきたいというのが、譲の言い分だった。

そのことには納得していたし、信じてもいた。譲は月に一度、子どもの顔を見に千葉に行くが泊ってくることはなかった。

なんとなく黙り込んでいると、テレビ台に置いてあった奈月の携帯が鳴った。席を立って携帯を手に取ると、知らない番号が表示されていた。

「芝原です。先ほど電話をいただいたようですね」

女性の声だったことに戸惑った。大学病院の准教授が女性だったからではない。佐藤が親しくしている数少ない人間の一人が、女性だったということが驚きだ。

芝原は、はきはきとした口調で言った。

「佐藤君について聞きたいってどういうこと？」

「知人に頼まれて佐藤さんを捜しているんです」

「知ってるわよ。伝言メモを読んで電話をかけたんだから。要するに、佐藤君が行方不明ってことよね？」

「昨夜から連絡が取れていません。それで、佐藤さんの知り合いを当たっているんです。芝原さんのことは、佐藤さんの勤務先で聞きました。年末に昇進祝いの会で会ったそうですね。お話を伺えませんか？」

「ええ？　でも、会ったのはそのときが十年ぶりだったのよ。最近の佐藤君のことなんて、私ほとんど知らないわ」

「お友達ならご存じだと思いますが、佐藤さんには肉親がいません。職場の方には、話を聞きました」

芝原はしばらく黙っていたが、これから食事に行くつもりなので、食事をしながらなら話をしてもいいと言った。彼女の自宅から近いという新宿西口にあるホテルのイタリアンで四十分後に待ち合わせることにして電話を切った。

「これから出かけるの？」

食べ終えた皿や茶碗をキッチンに下げながら譲が言う。

「ごめん。佐藤さんの大学時代の同級生に連絡がついたから会いに行くことにした。そんなに時間はかからないと思うけど、遅くなるようだったら、先に寝てていいよ。お酒とかは適当に冷蔵庫から出して飲んで」

「いや、そういうことなら今夜は帰るよ」

「DVDでも見ながら待っててよ」

譲は皿を洗い始めると、もう一度「帰る」と言った。

戸惑っていると、譲のほうから口を開いた。

「明日、娘とディズニーランドに行く約束をしているんだ。朝早く帰るつもりだったんだけど、奈月が出かけるなら、洗いものを片づけたら帰る。今日は仕事がきつかったから疲れてしまったし」

奈月はそっとうつむいた。

「待ち合わせなんだろ？　早く出たほうがいい」

「じゃあ、そうさせてもらう。せっかく来てくれたのにごめんね」

譲は振り返ると、柔らかく微笑んだ。笑い返そうと思ったが、笑顔をうまくつくれない。奈月は時計に目をやると逃げるようにリビングを出た。

なぜ、「楽しんできてね」と言えなかったのだろう。

苦い思いを飲み下しながら、奈月は部屋を出た。


芝原が指定したホテルは、サラリーマンが出張で利用するような、庶民的なものだった。入っているレストランも接待や特別な日に使うというより、会社帰りに同僚と誘い合わせて寄るような気安い店ばかりだった。

イタリアンレストランも、テーブルに赤と白の格子《こうし》柄のクロスがかかっており、ウェイトレスの制服はポロシャツだ。

入口から八割方客で埋《う》まった店内を覗き込むと、厨房《ちゅうぼう》に近い奥の席に一人で座っている女がいた。ショートカットで女にしては身体が大きい。彼女の前のテーブルには、料理の皿が四枚ほど載っていた。

彼女が芝原馨だろうか……。

入口にいる奈月に店員が気づかないのをいいことに奥の席を観察していると、女と目が合った。女はフォークを置くと、腰を上げるようなそぶりをした。

やはり芝原らしい。

奈月がテーブルに歩み寄ると、芝原は早口で言った。

「お呼び立てしてごめんなさいね。今日は手術が二つ入っていたから、栄養補給をしないと身体が持たなくて」

少しも悪いとは思っていない口ぶりだ。でも、嫌なかんじはしなかった。彼女の食べっぷりは豪快で、さぞかしおなかがすいていたのだろうと、傍目《はため》にも分かった。

テーブルに載っている大きなサラダボウルはすでに空。厚切りベーコンがたっぷり入ったカルボナーラの皿が半分ほど空いている。それだけでも胸がいっぱいになりそうなのに、ウェイトレスが豚肉のローストを運んできた。分厚い脂《あぶら》の層を見ただけで、胸やけがしそうだ。

奈月は席に腰を落ち着けると、店員に炭酸水を頼んだ。芝原の前にあるのも、アルコールではなく、コーラだった。コーラで食事なんてと思ったが、意外と口の中がさっぱりするのかもしれない。

「食べたいものがあったら、遠慮なく頼んでね」

芝原が言ったが、奈月はそれを断り、佐藤が昨日の夜から行方不明であり、職場の上司や彼の知人が、佐藤を捜していることを説明した。遼子のことは、伏せておく。

「警察にも確かめました。事件や事故に巻き込まれた形跡はないので、自分の意志で姿を消したと仮定して動いているんですが、佐藤さんが頼りそうな人、行きそうな場所に心当たりはありませんか？」

奈月が尋ねると、芝原は少女のようにかぶりを振った。

「佐藤君とは大学を出て以来、疎遠になっていたからね。年賀状のやり取りはしていたけど、最近のことはさっぱり分からない。年末の祝賀会でも、自分のことはほとんどしゃべらなかったし」

芝原はそう言うと、分厚い豚肉にナイフを入れた。大きな塊《かたまり》を切り取り、口に押し込む。熱かったようで、しばらく目を白黒させていたかと思うと、コーラの入ったコップをつかんで、鼻を突っ込むように中身を飲み干した。

奈月は質問を続けた。

「在学中、佐藤さんに親友のような人はいませんでしたか？」

「一番仲が良かったのは私かな」

「同性の友達はいなかったんですか？」

芝原は、昔のことを思い出すような目つきをした。

「佐藤君は両親を亡くしていて、お金で苦労していたのよ。そういうときって普通、親戚か何かが最低限の面倒を見てくれるじゃない？　でも、そういう人もいなかったみたいだから、家庭教師や塾講師のアルバイトを掛け持ちしていて、友達を作る時間もないってかんじだったわ。そこまで生活が苦しい子ってほかにいなかったから、なんとなくみんな彼と距離を置いていたの。年齢の問題もあったと思う。佐藤君は入学したとき、確か二十四歳だったのよ。十八、九の私たちと比べたら、全然大人だった。気さくな性格だったら、年齢なんて関係なく仲良くなれたんでしょうけど、佐藤君ってああいう人だったから。そういえば、佐藤君って呼んでいたのも私だけ。あとはみんな、佐藤さんって」

佐藤はずいぶん寂しい学生生活を送っていたようだ。でも、唯一の友達が芝原だというのが気になった。

「芝原さんは、なぜ佐藤さんと仲良くなったんですか？」

「ノートをコピーさせてあげようと思って声をかけたの」

「ノートを……。それまでは仲が良かったわけでもないのに、ずいぶん気前がいいんですね」

芝原は、豊かな頬《ほお》を崩して照れ笑いをした。

「私って、お節介なのよ。困っている人を見ると放っておけないっていうか。あと、佐藤君に興味があったからかな。彼の気を引こうとしたわけじゃないわよ。彼は当時から素敵だった。苦労しているせいか、陰《かげ》があったのね。そういうのって、二十歳そこそこの女の子にとって魅力だったりするじゃない。実際、入学してからしばらくの間は、彼の気を引こうとしていた子も何人かいたわ。佐藤君は、あからさまに迷惑そうにしていたし、とにかく口数が少なかったから、そのうちみんなその気をなくしたみたいだけど……。要するに、佐藤君が私みたいながさつな女を相手にするわけがないから、そういうことは期待していなかった」

気を引こうとしたかどうかはともかく、芝原も佐藤に憧れていたのだろう。微笑ましくなった。

「ノートを貸すと私が言ったときの佐藤君の反応は、今でも覚えているわ。何を言ってるんだ、この女は、っていう目つきをしたので、まずかったかなと思ったんだ。でも、次に彼の口から出てきた言葉を聞いてびっくりしちゃった」

「なんて言ったんですか、彼」

「金がないからお礼はできないって。もちろん、お礼なんて期待していなかったから、そう言ったわよ。そうしたら、ノートを貸すことで、あなたにはどういうメリットがあるのかって聞かれたの。あのときは、戸惑《とまど》ったわね」

芝原は思い出し笑いをすると、再びカルボナーラの皿にフォークを伸ばした。

それにしても、ノートの貸し借りにお金を持ち出すとは驚きだ。友情、あるいは親切心を感じとる力が佐藤には欠落しているのだろうか。

「メリットはないけど、デメリットもないって答えたわ。こう見えても私、首席だったのよ。ノートを貸しても、あなたは私を抜けないだろう。だから、デメリットはないって言うと、佐藤君は笑い始めてね。私のことを面白いって言ってくれた。思えば、あの人が笑っているのを見たのは、あのときが初めてだったな。ともかく、それからは試験前になると、彼にノートを貸してあげるようになったの」

「それで佐藤さんの成績は？」

「まあまあ、というところだったかしら。あの人は教養科目のようなものは、ほとんど勉強しなかったみたいね。赤点さえ取らなければいいっていう方針だったみたい。医学系の科目も、公衆衛生のような社会医学や、細菌学とかの基礎医学はほとんど勉強していなかった。その替わり、臨床科目への意欲はちょっとすごかったわね。分からないところとかを、教授に質問に行ったりしていたもの」

「授業にあまり出ていないのに？」

「臨床科目は出席を取る授業が多かったし、佐藤君もほとんど出ていたから。ともかく、自分は臨床医になるんだ、しかも外科医になるんだっていう気迫は感じた。よっぽど医者っていう職業に対するこだわりが強かったのね。そこらへんは、好感を持っていたわ。勉強ができるっていうだけで医学部に入ってくる人も多いし、医者になるならなるべく楽な診療科がいいっていう人も多くて、なんだかなあってかんじだったから」

佐藤は、外科医になることへの強いこだわりを持っていた。北原総合病院では、人柄はともかく、仕事ぶりは評価されていた。

月並みな言い方になるが、夢をかなえたといったところだろう。

それなのに、なぜ、仕事を放り出して失踪したのだろう。確かに失踪したということが確定的ではないが、無断欠勤が簡単に許される職場ではないことは、彼自身が一番よく知っているはずだった。患者に対する責任感もあったようなのに、なぜ？

いろんなものをすべて放り投げて、逃げ出した。

そういうことになるのだろう。ただ、それが何なのか、まださっぱり見えてこない。

奈月は質問を続けた。

「ノートの貸し借り以外に交流はあったんですか？　例えば一緒に食事に行ったり、とか」

芝原はうなずいた。

「一度だけあるわ。家庭教師をしていた子が志望校に受かってボーナスが出たからごちそうするって、イタリアンに連れて行ってくれた。借りばかり作っていて、気持ちが落ち着かないっていうから、ありがたくごちそうしてもらうことにしたら、連れて行かれたのがすごい店でびっくりしたわ。この店みたいに安っぽいビニールクロスじゃなくて、白いテーブルクロスがかかっている本格的な店だった」

安っぽい、と声を潜《ひそ》めずに言うので、冷や汗が出そうだったが、芝原はそういうことを気にする性質ではないようで、フォークを振り立てながら話を続けた。

「二人ともカジュアルな服だったから、断られるんじゃないかってひやひやしたぐらい。私が知らないような料理を知っていたことも驚きだったわね。サルティン・ボッカとかいう、肉にハムを載せたような料理だったんだけどね。今では珍しくもないんでしょうけど、あの当時は学生が気軽に食べるような料理じゃなかったから。佐藤君、ご両親が亡くなる前は、結構、裕福な生活をしていたのかなあってちょっと思った。あるいは、高校を出てから大学に入る前に、どこかで働いていたわけでしょ。そのときに、羽振りがよかったのかなあって」

「そのことは聞いてみましたか？」

芝原がうなずく。

「それとなく聞いてみたけど、はぐらかされたわ。食事をしたときも、それ以外のときも、就職のこととか単位が取りやすい科目のこととか、そんな話ばっかり。私が高校時代の思い出なんかをしゃべっても、佐藤君はつまらなそうにするだけで、一切、自分のことは話さなかった。そういえば、彼の出身高校の名前すら知らないわね。他の子はだいたい知ってるけど……」

最後の肉片を飲みこみながら、芝原はメニューを開いて、ウェイトレスを呼び、アイスクリームとケーキのセットを頼んだ。デザートぐらい是非一緒に、と言われたが、奈月は断った。芝原の食べっぷりを見ているだけで、胸やけがしそうだった。

「でも、案外、彼のことを子どもっぽいと思ったこともあったかな」

「それはどういうときですか?」

「必修科目の試験、確か解剖学だったかな。それを彼、受けなかったのよ。試験の日に寝坊してしまってね。心配になったから、住所録を頼りにアパートに行ってみたのね。そうしたら、家にいて、自分はもう駄目だって真っ青になって言うもんだから、びっくりしちゃった。そんなことはない、教授に頼みこんで、追試を受けさせてもらいなさいよって、私が熱心に言ったら、ようやく気を取り直してそうしたけど」

そう言うと、芝原は自分は佐藤にいくつも貸しがあったようだと言って笑った。

それからさらにいくつかの質問をしたが、彼の友人、知人に関する情報は、まったく出てこなかった。

芝原は「あまり役に立てなくて申し訳ない」と言って頭を下げた。

そのとき、奈月の携帯に着信があった。発信者を確認すると遼子だった。

「ほかに質問がなければ遠慮なくお先にどうぞ」

芝原は空になったコーラの瓶《びん》を軽く振りながら言った。もう一本、頼むつもりなのか、ウェイトレスを目で探し始める。

奈月は時間をとってもらった礼を言って、席を立った。飲みものの代金を置いていったほうがいいのかとも思ったが、この気の良い女性はかえって嫌がるような気がしたので、軽く会釈《えしゃく》をすると、そのまま店を出た。

エレベーターで地上に下りると、ロビーの隅にある柱のそばで遼子に電話をかけた。今度はワンコールで出た。

「お疲れ様。雄樹君の具合はどう？」

「眠ってます。今夜は、安定しているみたいなので、いったん家に帰ることにしました。今、中野坂上の駅についたところです」

「じゃあ、悪いんだけど、これから佐藤さんのことについて、話を聞かせてくれる？」

「でも、もう昔のことだし……」

「後で詳しく話すけど、職場の人も、大学の同級生も、佐藤さんの私生活についてほとんど何も知らないのよ。今のところ、収穫はゼロだから、昔の話でも、役に立つことがあるかもしれない」

「職場に友達の一人もいないんですか？」

「優秀な医者ではあったようだけどね」

遼子のため息が聞こえた。

「言われてみると、そうかもしれないですね。あの人は、そういう人でした」

店で待っていると言って、遼子は電話を切った。

シャッターを半分下ろした店で、遼子はコーヒーを淹《い》れて待っていた。昼間会ったときよりも、顔色がさらに悪い。

雄樹の容態が落ち着いたせいか、昼間のような激しさは消え失せていた。だが、精気を抜き取られてしまったかのように、身体が頼りなく揺れている。本人は自分の身体が動いていることも気づいていないだろう。

四人掛けのテーブルに向かい合って座ると、遼子はぽつりぽつりと話し始めた。

「佐藤と会ったのは、この店です。あの人が三年生の頃だったかしら。当時、彼、この近くにアパートを借りていたんです。その頃は、母が主に店をやっていて、あたしは週に何回か手伝いをしているだけだったんですけど……」

「どんなお客さんだったの？」

「朝しか来ませんでした。モーニングを頼んで、新聞を丁寧に読んでいて……。毎日来るわけじゃなかったんですが、来ない日の新聞も読みたいというので、彼のためにあたしがとっておくことになったんです。それが、話をしたきっかけでした」

そう言うと、遼子は顔を歪《ゆが》めた。

「バカだったなと思うけど、あたし、あの人にのぼせちゃったんです」

「陰がある素敵な人だったから」

芝原の言葉をそのまま繰り返すと、遼子はうなずいた。

真面目で仕事はできるが、人付き合いは悪い。佐藤のそんな性格について、大下や岩田は快く思っていなかったようだが、女性の評価は違うのかもしれない。

「店で医学書を読んでいたから、医学部の学生だってことは察していました。でも、医者の卵だから好きになったわけじゃなくて、あの雰囲気がたまらなかったんです」

遼子は当時を思い出すように唇を嚙《か》んだ。

「この店に学生さんは他にも来ていたけど、みんな、親のすねをかじって遊んでいるくせに、結構贅沢《ぜいたく》をしていて。あたしは、高校を出てすぐに働き始めて、遊ぶ暇もなかったから、正直なところ面白くなかった。佐藤は、そういう学生たちとは全然違ってたんです。いつも同じような服だったし、苦労しているみたいだったから、なんか親近感を覚えちゃって。コーヒーが好きだし、新聞を読みたいから、ご飯代を節約して店に来ているんだって聞いてお弁当とか作ってあげるようになって。そのうち、アパートに行って料理までするようになりました。今思うと、押しかけ女房みたいなものでした。むこうはあたしのことなんて、なんとも思っていなかったみたいだけど」

「でも、佐藤さんは、あなたが部屋に行くことを嫌がらなかったんでしょう?」

「便利だったから、じゃないですか? 自分で言うのも悲しいけど、セックスもできる無料の家政婦ぐらいに思っていたんだわ」

痛ましい思いで首を横に振る。仮にそうだったとしても、自分の口からそんなことを言う必要はない。

遼子は悔しそうに顔を歪めた。

「それを見抜けなかったあたしも幼なかったってことです。女子校だったし、親が厳しかったから、男の人と付き合った経験もなかったし。というのは言い訳で、要するに世間知らずのバカだったってことなんだけど」

「そんなふうに自分を責めなくても……。若かったということでいいんじゃない？」

遼子が肩をすくめる。

「バカですよ。そう言えば、お互いメリットがあるだろって言われたことがあります。メリットっていうのが、何なのかあたしにはよく分からなかったけど。でも、彼と付き合っているっていうのが、当時は自慢の種だったから、メリットがあったといえばあったのかな」

「別れた理由は遼子さんが妊娠したから？」

「ええ。喜んでくれるとは思っていなかったけど、話を聞くなり、誰の子だか分かったものじゃないから堕《お》ろせって言われたんです。ショックで……。あたし、店で他のお客さんとも仲良くしていて、そういうところを彼も見ていたから疑われたと思うんだけど、こっちは商売だから愛想をよくしていただけで、付き合っていたのは彼だけだったのに。泣いて抗議したけど、結婚も認知もしないって頑《かたく》なでした。そんなこんなでぐずぐずしているうちにおなかが目立ち始めて、親に妊娠がばれてしまったんです。親が彼のところに話をつけに行ったんですが、やっぱり堕ろしてほしいという一点張りでした。そうしたら、両親、特に父のほうが怒っちゃって。血も涙もないような男と結婚してもろくなことにはならない、生まれてくる子の父親にふさわしくないから、こっちから捨ててやれ、子どもを産みたいなら産めばいい、我々で育てようって言ってくれました。あたしも、あの人の冷たさがほとほと嫌になっていたけど、子どもは産みたいと思っていたから、父の言葉に従うことにしたんです」

「雄樹君が生まれたことも、知らせなかったのね」

「ええ。一切、連絡を絶《た》ちました。あたしも、あの人には頭に来ていたし。子どもを見せたら、気が変わるんじゃないかって、ちらっと思うことはありましたよ。でも、会ったら絶対に冷たくあしらわれるなって。もう、侮辱《ぶじょく》されるのはこりごりだった。でも今回ばかりはどうしても会わなくちゃって思ったの」

遼子の目の縁《ふち》に、みるみるうちに涙が盛り上がる。

「佐藤さんの出身は埼玉だって聞いたけど、通っていた高校とか中学は分かる？」

遼子はかぶりを振った。

「彼は大学に入る前にどこかで働いていたのよね。そのときの話を聞いたことってある？」

「聞いたけど、教えてもらえませんでした」

「大学時代には、家庭教師や塾でアルバイトをしていたようだけど、そこで親しくなった人はいなかったのかしら。要するに、どういう関係の人でもいいんだけど、彼と付き合っていたとき、友達とか知り合いとかの名前を聞かなかった?」

遼子はかぶりを振った。

「親しい人なんて私以外にいなかったんじゃないかしら。もちろん、大学に同級生はいたでしょうけど」

その大学でも、芝原とわずかに交流があった程度なのだ。それは異様なことのように奈月には思えた。いくら遊びで付き合っていたにせよ、人は日常的な会話のなかで、自分の個人情報をいくらか漏《も》らしてしまうものだ。そうでもしなければ、会話が成り立たない。遼子の当時の態度も不思議だ。肉体関係まであったのだ。相手の過去が一切分からないことに、疑問や不安はなかったのだろうか。

そう言うと、遼子はうなずいた。

「もちろん、不安でした。だから、悪いとは思ったけど、彼がお風呂に入っている間に、卒業アルバムとかないかなと思って、部屋を探ったことがあります。見つかったのは、免許証ぐらいでしたけど。免許証に本籍が書かれていたから、出身が埼玉だって分かったんです」

遼子は群馬県との県境に近い美里町《みさとまち》の名を挙げた。

都心から遠く、鉄道の幹線からもはずれている地方都市とも言えない小さな町だったことに、少し希望を感じた。両親や近い親戚はいなくても、遠縁ぐらいはみつかるかもしれない。当時の同級生で、地元に残っている人間も少なくないはずだ。

そこから現在の佐藤にたどり着けるかどうかは分からないが、今の職場と出身大学の人間は彼のことをろくに知らないし、大学に入る前に働いていた数年間に関する手掛かりもない以上、行ってみるほかなさそうだった。

「今のところ、他に手掛かりはないから、美里町に行ってみるわ。両親がいなくても、遠い親戚はいるかもしれない」

そう言うと、遼子は申し訳なさそうに頭を下げた。

いつの間にかコーヒーは冷め切っていた。それを飲みながら、明日は忙しくなるなと考えた。佐藤のマンションに行き、その後に美里町へとなると丸一日かかるだろう。

困っている人が目の前にいる。その人を助けるために必要なことだと思うから遠いけれど美里町にも行く。明日の外出の意味は、それ以上でもそれ以下でもない。

「どうしたんですか？」

遼子に声をかけられて、自分が全身に力を込めていたことに気づく。

「ううん、なんでもない。じゃあ、明日の夕方にでも、また電話するね。雄樹君のこと、大変だけど遼子さんも身体に気をつけて」

奈月はそう言うと、そっと席を立った。

帰宅して風呂に入る準備をしていると、携帯電話が鳴った。譲からだろうと思って、相手を確認せずに出たところ、そうではなかった。

「おう、今、電話してても平気か？」

刑事時代に、よくペアを組んでいた平沢だった。彼に、身元不明の遺体などが出ていないか、確認を頼んでいた。

「家にいるので大丈夫です。それより、何か新しいこと、分かりましたか？」

勢いこんで尋ねると、平沢が苦笑いをするように、舌を鳴らした。

「いや、特に新しい情報はないけれど、どうしたかと思って」

「どうしたも、こうしたも……。例の男を捜しているだけです」

「ふうん。でも、さっきのお前の声、ちょっとよかったな。いや、今日の昼、電話をかけてきたときから、なかなかいいよ」

「えっ」

「退職するってお前から聞いたのは、去年の暮《く》れだっけ。あれ以来、ずっと沈んでいたじゃないか。退職するのは構わんが、大丈夫かなって心配だった」

今度は奈月が苦笑いをする番だった。

そういえば、退職してからも、何かと平沢は電話をかけてきた。引き継ぎはすべて終えてあったから、大事な用事など一つもなかったのだが、あれは心配してくれてのことだったのか。

平沢は年こそ奈月の三つ上だが、二十年前のテレビドラマにでも出てきそうな、むさくるしい刑事だった。奈月の仕事ぶりを手ぬるいとしょっちゅう責めていたのに、心配してくれるのは、出来の悪かった子どもを心配する親心のようなものだろう。在職中も何かと世話を焼いてくれた。

「ともかく、今日は久しぶりに生き生きしていて安心した。でも、そうなると気になることがもう一つある。お前、辞めたくなかったんじゃないか？　あれぐらいのことで辞める必要もなかったと俺は思うしな。お前は上の評判も悪くなかったわけで、頑張ってみてもよかったのに、あっさり辞表を出すなんて」

あれぐらいのこと。

そうでもないと思う。人が死ななくても、事件は事件だ。

奈月の母方の叔父が埼玉県の大宮《おおみや》で建設会社を営んでいたのだが、去年の夏に脱税事件を起こした。建設会社といってもたいした規模ではなく、要するに大手建設会社の下請けの下請けだったのだが、そこから強要され、裏金作りに協力させられたようだ。

その大手が与党の政治家に不正献金をしていたことが発覚して、芋づる式に叔父の会社の脱税も明るみに出てしまった。逮捕までには至《いた》らなかったが、新聞に社名が出たし、奈月自身、上司から話を聞かれた。

離れて暮らしており、数年に一度、正月に顔を合わせるぐらいしか接点のなかった叔父の起こした事件とはいえ、三親等以内の親族に犯罪歴などがあることをよしとしないのが、警察という組織である。

それに、必ずしも辞めたのは叔父のせいばかりではない。譲とのことがあったからだ。別居中で離婚が決まっているとはいえ、家庭のある男性と付き合っていることがばれたら、まずいことになると思っていた。その少し前に、車上荒らしを捕える際、もみ合いとなり、刃物で腕を切りつけられたということもあった。たいした傷ではなかったのだが譲はひどく驚き、仕事を辞められないか、と言い始めた。

そんな具合にすべてのタイミングが合っての退職だった。でも、そんな個人的なことまで平沢に打ち明ける必要はないだろう。

「で、食っていけてるのか?」

「貯金がありますから、今のところはなんとか大丈夫です」

「ふうん。でも、ちょっと思ったんだけど、お前、刑事の仕事が好きなんだろ。辞めちまった以上、もう警察には戻れないが、私立探偵ならなれるんじゃないか? もし、なんだったら、刑事を辞めて探偵事務所をやっている先輩を紹介するぞ」

「それは……。今のところ、考えていません」

譲と結婚する。それが自分のゴールだ。私立探偵なんて、もってのほかだった。

「そうか。それならいいが、何か困ったら連絡して来いよ。出来ることはしてやるから」

「ありがとうございます。でも、平沢さんは大丈夫なんですか？　身元不明の遺体の確認をしていただいて本当に助かってますけど、私と関わっていたら、面倒なことになるような気がしないでもなくて……」

「そんなこと」

平沢は怒ったように言った。

「俺はちっちゃいことで、上にガタガタ言われるような能なしじゃない。それに、お前が捜している男の個人情報、例えば携帯電話の履歴とか、そういうものを教えるつもりもない。出来ることは手伝ってやるが、出来ないことはしない」

「ええ、そうでした」

奈月は素直に謝った。平沢ははっきりした性格で、物事の線引きを見事にする。暑苦しくはあるけれど、仕事がしやすい相手だった。

「まあ、ともかく頑張れや」

平沢はそう言うと電話を切った。

2章　交錯

電車が大きく揺れた。その拍子に目覚めた。すっかり眠りこんでいた。車内アナウンスがのんびりした声で、次は小川町《おがわまち》だと告げた。危うく乗り過ごすところだったことに気づく。

朝、佐藤のマンションの住人に話を聞いたが、女と一緒のところを見かけた者はいなかった。大家は部屋に入れてくれなかったので、収穫はなしに等しかった。収穫がないと実際以上に疲れてしまう。

小川町で東武東上《とうぶとうじょう》線から八高《はちこう》線に乗り換えた。ホームから階段を上がり、高架になっている通路を渡り、八高線のホームへ降りて行く。

何気なく足元を見て、階段の縁に木片《もくへん》が嵌《は》めこんであるのに気がついた。コンクリートも年代物らしく、色が白っぽく変色している。おそらく昭和の時代から使い続けられているものだろう。何十年かの間に、何人の人間が、この階段を上り、そして降りたのか。途方もない数になるような気もするけれど、都心のターミナル駅と比べたら、絶対的に少ない。いずれにしても、遠くまで来たものだ。

二十分ほどの待ち合わせでホームに滑り込んできた八高線は二両編成だった。一席ずつ向かい合った二人掛けのボックスシートが、ローカル線らしくて微笑ましい。空いていたので、四人掛けのボックスに陣取り、向かいの席にバッグを置く。電車はすぐに発車した。

お椀を伏せたような形の丘が、窓の外を次々と通り過ぎていく。里山という言葉がぴったりだと思った。

家庭菜園と呼ぶには立派すぎる庭先で野菜を作っている民家、ジャージ姿で自転車をこぐ小学生。

埼玉県内でも、大宮、浦和《うらわ》といった大都市、あるいは奈月の実家がある川口《かわぐち》とはずいぶん趣《おもむき》が違う。首都圏というより、地方といったほうがしっくりくるような気がした。眺めているだけで、心が和《なご》む。

こういう場所で生まれたら、自分はどんな人生を歩んでいただろう。

庭先で鼻歌を歌いながら、家族の布団を乾していたかもしれない。それは、とても幸せな人生のように思えた。なぜ、そういう道を選ばなかったのか。今となっては、よく分からない。身体を張って仕事をしたかった。人の役に立ちたかった。警察に入ったのは、そんな単純な動機だった。動機そのものは、悪くなかったと思う。仕事も好きだった。でも、仕事が人生のすべてじゃない。

来年の今頃は、都内のマンションのベランダで二人分の布団を乾していたい。いろんなことがそれまでに落ち着くといいのだけれど。

いつの間にか、線路の両脇が開けていた。田植えはまだのようで黒い土肌が、丘のすそ野まで続いている。

車内アナウンスが次は松久《まつひさ》だと告げた。松久は、小川町から五つ目、そして美里町にある唯一の駅だった。

奈月は、シートに置いてあったバッグを手に取った。

ボタンを押して手動式のドアを開け、ホームに降り立つ。強い風が吹いていた。身体ごと風に持って行かれてしまいそうだ。

降りたのは、奈月のほか男子高校生が一人だけ。五キロほど北に高崎《たかさき》線の本庄《ほんじよう》駅があるから、電車の本数の少ないこの駅は敬遠《けいえん》されがちなのだろう。

二人を残して二両だけの列車は走り出す。それを見送ってから、公園の物置小屋のような駅舎に向かった。思った通り、無人だった。そして本当に小さい。待合室は、五人も入れば息苦しくなりそうだ。壁に時刻表が張ってあった。おおむね一時間に一本しかないので、効率的に動かなければ。帰りの電車の時刻を確認し、念のために携帯のカメラでも撮影して、外に出る。

さて、どこをどう回ろうか。

駅の周辺をざっとチェックすると、居酒屋、美容室など何軒かの店があったが、日曜日であるせいか、営業している様子はなかった。念のために声をかけてみたが、反応もない。もともと駅前には期待していなかった。昨夜、ネットで地図を検索したところ、駅前商店街のようなものは見当たらなかった。

あらかじめ決めていたように、駅から北に向かう通りを歩き出す。その道をまっすぐ行けば町役場があり、いくつかの店があるはずだった。役場や佐藤の通っていた中学校は、初めからあてにしていない。この頃の公共機関は、個人情報保護を盾《たて》にとって、話をしたがらないものだ。むしろ、地元の住民のほうが話してくれる可能性が高い。都会ならともかく、こういう田舎町では人間同士のつながりが密であり、同級生の誰がどこでどうしている、という情報は仕入れやすいはずだった。

車の往来が結構多く、排ガスが強風とともに身体にまとわりつく。道の両脇には水の入っていない田んぼが広がっていた。ところどころに、狭いスペースに何種類もの野菜を植えた自家消費用と思われる畑があった。キャベツや小松菜、ネギといった何種類もの葉物野菜が行儀よく並んでいる。

そのとき、前方にある民家から、割烹着《かっぽうぎ》姿の老女が出て来た。手には、消火器のような形のものを持っている。何だろう、と思いながら見ていると、女は容器についているノズルのようなものを歩道の隅に生えている草に向けて吹きつけた。除草剤《じょそう》、らしい。

女に近付き、声をかける。

「すみません、ちょっとよろしいでしょうか?」

女はまぶしいのか、よそ者である奈月を警戒しているのか、皺《しわ》深い目をさらに細めながら、首をかしげた。

「佐藤基樹さん、というこの町出身の人を捜しています。三十八歳の男性です。心当たりはありませんか?」

「佐藤さん、ねえ。佐藤さんは、何人もいるけど、下の名前がモトキって人は聞いたことないような気がするわ。でも、あたしはほら、子どももいないし、その年代の人のことはよく知らないから」

「地元に昔からいる人で彼と同年代の、この辺でお店をやっているような人はいませんか?」

「ああ、それなら、自転車屋の町村《まちむら》さんだね。何歳だったかは覚えていないけど、四十前後に見えるね。信号を三つ越えたところにあるから、行ってみたらどうですか。日曜だから閉まっているかもしれないけど」

「ありがとうございます」

女は軽くうなずくと、除草剤の散布を再開した。ノズルの先には、青い小さな花をたくさんつけた草があった。可愛い、珍しいと目を細めるものが、ここでは厄介者《やっかい》扱いなのだった。

女に言われた通り、まっすぐ歩いて行くと、自転車屋はすぐに見つかった。閉まっているかもしれないと言っていたが、軒先《のきさき》で男がしゃがみこんで、子ども用の自転車のパンクの修理をしている。

奈月が声をかけると、男は愛想笑いを浮かべながら、腰を上げた。奈月は名前を名乗ると、この町の出身である佐藤基樹という人物を捜していることを告げた。

「友達の恋人なんですが、行方不明なんです。彼女、精神的に参ってしまっているので、なんとかみつけてあげたいと思って……。この町の出身だって聞いたので、何か情報はないかと、藁《わら》にもすがる思いで来ました」

いくつかの事実を省略しているが、嘘はついていないので、なんの後ろめたさもなかった。

佐藤の下の名前の漢字と、年齢と生まれた年を伝える。

「昭和四十八年か。それなら、僕の五つ上だ」

それにしては老けて見えると思った。なるほどよく見ると男の頬はまだ艶《つや》を失っていなかった。

「五つ違うと、分からないなあ。でも、ちょっと待ってくださいよ」

男はそう言うと、宙をにらむように考え始めた。時折、首をひねる。どれだけそうしていただろう。男は、一人でうなずき始めた。

「この先に、洋菓子を製造販売している沢谷《さわや》製菓ってところがあるんだけどね。そこの奥さん確か僕の五個上だったと思う。彼女、婿《むこ》を取って実家の商売を継いだんだ。学年が同じかどうかは分からないけれど、狭い町のことだからね。同い年なら、名前ぐらいは知っているんじゃないかな」

「ありがとうございます」

「歩いて二分ぐらいですよ。看板が出ているから、すぐに分かると思います。奥さんは店番をしているはずだから」

この分なら、そう時間をかけずに、佐藤の本籍地にたどり着けそうだ。そう思うと、頬が自然にゆるんだ。

佐藤が本籍地に住んでいたとは限らない。例えば単に父親の実家があっただけ、という可能性もある。でも、何かしら情報を得られれば、それでいい。地取り捜査は、多くを期待せずに、歩きまわったほうが、結果的には目的の人物に早くたどり着く。

沢谷製菓は大きな平屋で、店の奥が小さな工場になっているようだった。

立て付けの悪い扉を開けると、菓子店にはふさわしくないほど威勢のいい女の声が飛んできた。

入ってすぐのところにカウンターがあり、ガラスケースの中に、ケーキや焼き菓子が所狭しと並んでいた。こんなに売れるものなのだろうかと心配になる。

カウンターの向こう側に、洋菓子店には不似合の藤色の割烹着を着て手ぬぐいをかぶった女がいた。軽く会釈《えしゃく》をする。

「どういたしましょ」

女は揉み手をせんばかりに笑いながら、張りのある声で言った。

「お尋ねしたいことがあって」と切り出すと、女の顔から笑みが引っ込んだ。

「セールスだったらお断りですよ。ウチは見ての通り、こんなちっぽけな菓子屋ですから。余計なものを買ったり、なにかの会員になったりする余裕はありません」

そうではなくて人を捜しているのだと言う。

「さっき自転車屋さんで、沢谷さんのことを聞いたんです。私が捜しているのは、この町出身の佐藤基樹さんという男性で、年は三十八歳。沢谷さんと同学年だと思うんですが、記憶にありませんか?」

「ああ、そうなんですか。トクちゃんからね……」

トクちゃんというのは、あの自転車屋の男性のようだ。中年になっても、相手をあだ名で呼ぶような関係が、まぶしくもあり、煩《わずら》わしそうにも思える。本人の目の前でもトクちゃん、と呼ぶのだろうか。きっとそうだ。

そんな奈月の思いを知るはずもなく、沢谷は思案を続けた。佐藤を捜している理由を尋ねようともしない。自転車屋から聞いた、ということで警戒心をなくしているのだろうか。

「佐藤、佐藤……。佐藤基樹ねえ」

「一緒だったとすると中学生のときだと思うんですが」

奈月はプリントアウトしてきた彼の写真を沢谷に差し出した。

小学校は町内に三つあった。逆に高校はない。中学の同級生だったら、残っている面影《おもかげ》に気がついてくれるのではないだろうか。だが、期待もむなしく、沢谷は首を横に振った。

「こんな狭い町でもね、同じクラスか、近所でなければ、知らない子もいますよ。あと、町を出て行っちゃった子も多いですからねえ。でも、ちょっと待ってて」

沢谷は、カウンターの下の引出しから携帯電話を取り出し、電話をかけ始めた。相手は同級生のようだった。

しばらく挨拶が続いた後で、佐藤基樹の話になった。相手は、すぐに分かったらしい。沢谷は奈月に向かって親指と人差し指で丸を作りながら、言った。

「ああ、そうそう。思い出した。いたわね、そういう子。家はどこだっけ？　ああ、神社のほうね。畑山《はたけやま》さんちの近く？　それで、その子、どうなったんだっけ。うん、うん

「……」

沢谷は、レジの脇から新聞の折り込み広告を切って紐《ひも》で綴《と》じた手製のメモ帳を取りだし、文字を書き付けた。

それから奈月の知らない人の噂話が始まった。レイちゃん、というその人は、高血圧で高崎でよい病院を探しているのだという。じれったい思いをしながら、電話が終わるのを待った。

「待たせてごめんなさい。顔の広い子が知ってたわ。ずいぶん、おとなしい子だったみたいだから、私は忘れていたけど」

沢谷は、手製のメモ帳の最初のページを破り取り、奈月に渡した。

メモには、簡単な地図のようなものが描いてあった。でも、横棒に縦棒を何本も走らせた線路以外は意味不明で、子どもの落書きみたいに見えた。

「松久の駅から来たの？」

「はい」

「じゃあ、駅にまず戻って、駅前の道を道なりに西へ行くんです。とにかく道なりにまっすぐね。何軒か農家が固まってるの。そこらが佐藤君の家だって。まあ、この地図じゃ分からないわね。近くまで行ったら、周りの人に聞いてみてください」

そう言うと、ようやく沢谷は佐藤を捜している理由を尋ねた。先ほどと同じ説明をすると、眉根を寄せた。

「見つかるといいですね」

「ありがとうございます」

踵《きびす》を返そうとしたとき、呼び止められた。

「お菓子はいかが？」

「あ、すみません。気づかなくて」

奈月はガラスケースの中を素早く物色した。クリームやチョコレートが載ったケーキを買っても、家に戻るまでに傷んでしまいそうだ。それに、自分も譲も甘いものは得意なほうではないのだけれど。

でも、そう言えば、手土産の類を買ってきていなかった。もう刑事ではないわけだし、他人の家を訪問するなら菓子折の一つぐらい持参したほうがいいのかもしれない。そのことに気がついて、ちょっと自分が誇らしかった。そう、こうやって、普通の人になっていくのだ。

化粧箱入りのマドレーヌを注文し、代金を支払った。

「それ、今日中に食べてね」

包みを手渡してくれながら沢谷は言った。

マドレーヌなら日持ちがするのでは？　もし、佐藤の実家に人がいなければ、持って帰ろうと思っていたのに。

というか、賞味期限ぎりぎりのものを売りつけられてしまったのだろうか。

でも、沢谷の親切と、愛想のいい笑みを見ていると、そんなことは言えなかった。そうすると言って頭を下げると、店を出た。


佐藤という表札が出ている農家を探り当てたのは、それから三十分ほど後だった。まだ何も植わっていない田んぼの中に、三軒の家が寄り添うように建っていた。

歩き回ったせいで、身体中が汗ばんでいた。ハンカチで汗をぬぐうと、三軒のうち、もっとも大きく、造りが立派な家の門を入った。すると、庭先で洗濯物を取り込んでいる白髪の女と目が合った。慌てて頭を下げる。

「どなたさん？」

女は目をしょぼしょぼさせながら、ゆっくりと歩いてきた。

もう一度、頭を下げると名前を名乗り、佐藤基樹の消息を知るために東京から来たのだと告げる。

女は目を大きく見開き、「あれ、まあ」と言ったかと思うと、色あせたタオルを手にしたまま玄関に向かって走って行った。

「お父さん、ちょっと来て。基樹のことを捜しているって人が来たよ」

やった！

心の中で快哉《かいさい》を叫ぶ。都会だったら、こうはいかなかっただろう。

玄関からのっそりと男が出てきた。紺色のトレーニングウェアの上下を着込み、金属フレームの眼鏡をかけている。なめし革のように黒光りする顔には、深い皺が何本も刻み込まれ、指は節《ふし》くれ立っていた。

「基樹のことって、どういうことだね？　というか、あれは生きているのかね？」

信じられない、という面持ちで佐藤は尋ねた。

奈月はうなずく。

自分の友人の恋人で、と先ほどの話を繰り返す。

生きているのか、と尋ねるということは、最近のことなど分からないだろう。それでも、手掛かりは何かあるはずだった。

佐藤は、座ろうと言うと、自分から先に立って、縁側に向かった。さっきの女性が、冷たいお茶の入ったコップを三つ、盆に載せて運んでくるところだった。

強風の中を歩き回ったせいか喉がいがらっぽかった。縁側に腰かけ、遠慮なくそれを受け取った。

「基樹の母親がわしのはとこなんだけどな……。もうかれこれ二十年は顔も見たことがない。あいつは今、どこで何をしているのかね？」

「一昨日から連絡が取れなくなっています。でも、それまでは、東京にある総合病院で心臓外科の医師をしていました」

佐藤は身体を大きくのけぞらせたかと思うと、突然、笑い始めた。佐藤の妻も、困惑《こんわく》したように目を瞬いている。

彼らの反応は、何を意味しているのだろう。

奈月は、白い歯を見せて笑う老夫婦を見ながら、お茶をもう一口飲んだ。

ひとしきり笑い終えると、佐藤は節くれ立った手をひらひらと振った。

「残念ながら、それは人違いだね。あの阿呆《あほう》が医者になんかなれるわけがない。生きているだけでも上出来だ」

「ですが……。確かにこの町出身だって。それで、名前と年齢が一致するなんて、本人としか思えませんよ」

「そうは言っても、あなたが捜している男が医者だったら、それはウチの基樹とは別人だ。だって、中学もまともに行ってないんだぞ。しかも、中学を出るか出ないかのときに、家出してしまってな」

「その後、何らかの方法で勉強して、医者になったという可能性はありますよね」

「いや、ないね。断言してもいいよ。その男が事件を起こして逮捕されたというなら、ウチの基樹かもしれないと思う。でも、医者っていうのは、あり得ない」

そう言うと、佐藤は耳の毛を引っ張りながら、話し始めた。

「あれの母親は深谷《ふかや》のスナックに勤めておってな。だらしない女だったよ。金にも男にも。基樹の父親も誰なのか分からない。それはともかくとして、基樹の面倒を全く見ない。たまに会っても、ろくにしゃべりもしない。痩せこけていて身なりもひどくてね。見るに見かねて、あれが中学に入るときに本家のうちで引き取ったんだ。そのころはまだ、わしらは基樹のことを不憫《ふびん》に思っていた。どうしようもない母親から引き離せば、まともな男に育つ、わしらには子どももいないから、基樹をしっかり教育しようって。もしかしたら、田んぼを継いでくれるかもしれないという期待もかすかにあった。でも、考えが甘かったな。幼児ならともかく、中学生になってしまっては……」

佐藤のため息に相槌《あいづち》をうつように、佐藤の妻がうなずく。

「学校ではおとなしくて、ろくに口もきけないから友達ができない。勉強もからきし駄目。それなのに、隣町に行って万引きはするわ、銭湯で女風呂をのぞくわ……。ろくなことはなかった。そのたびに、わしらが警察から呼び出されるわけで、あれがこの家に住んでいた三年間は、心が休まるときがなかった。わしの財布から一万円札を抜き出しているところをみつけたとき、堪忍袋《かんにんぶくろ》の緒が切れて、殴ったんだ。それはもう徹底的にな。ここで、性根《しょうね》を叩き直さないと、基樹は駄目になると思った。そうしたら、その日のうちに出て行きおった。中学を卒業するかしないかのときだった」

「卒業式の前でしたよ。式には来るようにって、由香《ゆか》さんに電話したのを覚えているもの」

「そうか、そうだったかもしれないな。いずれにしても、その日から、ぱったり行方が分からなくなった。高校には受からなかったし、働き口も決まっていなかったから、この家にいる意味もないと思ったのかもしれないな」

「捜さなかったんですか？」

「義務教育の間、面倒を見たんだから、もういいだろうと思った。農作業でも手伝ってくれればよかったんだけどねえ」

「基樹さんのお母さん、由香さんでしたっけ。由香さんのほうに連絡は？」

「なかったそうだ。由香も基樹を捜しはしなかった。男と暮らしていたから、息子のことどころじゃなかったんだろう。その由香も十五年前に肝臓ガンで亡くなった。基樹の名前なんてそれ以来、聞いたことがなかったから、今日は驚いたよ。ともかく、これで分かっただろう？　今の話はウチのろくでなしのことで、あんたが捜している佐藤基樹は、別人だ。あいつが医者だなんて、天と地がひっくり返ったって、あるわけがない」

奈月は、バッグから遼子にもらった紙を取りだした。それを、佐藤の前で広げる。

「これが佐藤基樹さんの現在の姿です。面影があるのでは？」

佐藤がはっとしたように紙を手に取る。目を細めながら紙を見ていたが、妻に老眼鏡を持ってくるように命じた。

妻が持ってきたそれをかけると、佐藤はじっくりと紙を眺めた。顔を上げると、首を横に振る。

「目がもっと釣り上がっているし、唇が分厚かった。これは別人だよ。あいつの写真は一枚もないから、見せてあげることができないのが残念だが、絶対に違う」

三年間とはいえ、一緒に暮らした親戚がここまできっぱり否定するということは、この町出身の佐藤基樹は別人と判断するほかないのだろうか。整形をした可能性というのはあるが、さすがにその可能性は低いように思う。それでも食い下がってみる。

「でも、免許証の本籍地の欄には埼玉県児玉《こだま》郡美里町ってあったようです。私が今日、ここに来たのも、そのためです。この町で同じ年に生まれた同じ名前の人が二人、なんて偶然、あるんでしょうか」

「そうは言ってもねえ。あなたが捜しているのが、写真の男で、そいつが医者だっていうなら、それはウチの基樹ではないとしか言いようがない」

「あのう……」

それまで黙っていた佐藤の妻が口を開いた。

「実は、あの子が出て行ってから、二、三年後ぐらいのときに、一度だけ連絡があったんです。電話がかかってきました」

佐藤が、顔をしかめる。

「聞いていないぞ。どうして黙っていたんだ」

「病気をしちゃったらしくてね。健康保険証がどうしても必要だから、なんとかしてくれないかと泣きつかれたのよ。どうしようかと思ったんだけど、命に関わることだからねえ」

「それで、送ってやったのか？」

呆れたように佐藤がいい、彼女はバツが悪そうにうなずいた。

「これっきりだよって念を押して、住所を聞いて、国民健康保険証を送ってあげたのよ。住所は阿倍野《あべの》区ってところだったわ。保証人なんかをどうしたのかはよく分からないんだけど、アパートを借りているようでね。なんの仕事をしているのか聞いても教えてもらえなかったわ。でも、あの子もなんとか生きているんだなあって」

家を出て二、三年というと、彼が十七、十八のときだ。

「その後、彼とは？」

佐藤の妻は首を横に振った。

「連絡はそのとき限りでした。あれの母親が亡くなったときに、その住所に手紙を出したんだけど、引っ越してしまったようで、宛先不明で戻ってきてねえ」

「そうですか……」

そのとき、奈月の携帯が鳴った。すばやく腰を上げ、縁側から少し離れたところで電話に出る。遼子からだった。

「どうでした?」

「まだ調査中なの。そういえば、一つ聞いてもいい? 佐藤さんが、大阪に住んでいたって聞いたことはないかしら」

「大阪ですか。聞いたことはないですけど、大阪がどうかしたんですか?」

「戻ったら詳しく話すわね」

佐藤基樹の親戚の家を突き止めたと言えば、遼子は期待を持つだろう。でも、光明《こうみよう》が見えたというより、むしろ暗礁《あんしよう》に乗り上げたようだ。同姓同名の別人が同じ町にいた、ということを、奈月自身、受け入れられずにいる。そのまま話したら、遼子は混乱してしまうだろう。

「すみません、遠くまで行っていただいて。それはともかく、雄樹の具合が、どうにも悪いんです。あたし、今夜、主治医にもう一度お願いしてみようかと思って」

「お願いって何を?」

「私をドナーにしてくださいって」

「でも、遼子さんは肝臓が悪いんでしょう? だから無理だって」

遼子は声を荒らげた。

「そんなこと言ったって、あの人が見つからないんだから、しょうがないじゃないですか。雄樹を死なせるわけにはいかないんです」

そう言われると、反論の言葉がなかった。

生体移植。

素晴らしい医療技術なのだろうが、ドナーがいなければ成立しないというのは酷《こく》だ。子どもの命がかかっている以上、親も命がけになってしまうのは、しかたがないような気がする。

でも無理をして結果として遼子のほうが命を落とすようなことになったら……。

遼子も哀《あわ》れだが、息子の雄樹のほうも移植がうまくいったとしても、心に深刻な傷を抱えることになるだろう。危険を顧《かえり》みずにドナーに志願し、亡くなってしまった母親。テレビや新聞では、涙を誘う美談として紹介されるかもしれない。でも、当事者たちにとって、こんな悲しいことはないはずだ。

「とにかく私は引き続き佐藤さんを捜すわ。なんとか見つけてみせるから、希望を捨てないで」

遼子にというより、自分に言い聞かせるようにそう言って、電話を切る。

遼子の元恋人は何者なのだろう。そして、事件や事故に巻き込まれたのでないとしたら、何のために姿を消したのだろう。

縁側に戻ると、佐藤の妻が紙切れを持って待っていた。

「これ……。役に立つかどうか分からないけど、基樹の大阪の住所。住所録に控えてあったんですよ」

ありがたくそれを受け取った。

何か引っかかる。これまで耳にしてきた「佐藤基樹」の評判からすると、彼には何か裏があるように思う。単に人付き合いが悪いだけとは思えない何かを感じる。この手の勘《かん》は、わりと当たるほうだ。

阿倍野と言えば、大阪市内の南。ホームレスや日雇い労働者が多く住む西成《にしなり》とも近いはずだった。

ホームレスなどから戸籍を買う、ということができないわけでもなかった。美里町出身の佐藤が、戸籍を売るようになるまで転落したかどうかは分からない。でも、彼は若いし、健康保険証を取り寄せるなど、身分証明のあることのありがたみも感じていたはずだ。

だが、やはり同じ町内に、生年も名前も同じ人物が二人いた、ということのほうが不自然に思える。

「基樹さんの同学年で同姓同名の方は？」

「いや、聞いたことがない」

佐藤は答えた。

次にどうすべきか。

大阪に行ってみるべきか。

「まさかとは思うけど、大阪まで行くんですか？」

佐藤が尋ねた。

「基樹さんについて、何か分かったら、お知らせしましょうか」

老夫婦は顔を見合わせた。やがて、佐藤が首を振る。

「やつがろくでもないことをしたと知らされても……。もし、まともにやっていたらお願いします。その可能性はないと思いますがね」

ふと思った。親戚ではなく、息子だったら、佐藤は同じような反応をするのだろうか。どんなに駄目な息子でも、会いたいと思うのではないか。

分からない。でも、この家にいた基樹が、堅気《かたぎ》の仕事をして幸せに暮らしていたら、そのことをこの老夫婦に知らせようと思った。案外、喜ぶのではないだろうか。

3章 再会

当時とほぼ変わらぬ姿のまま、建っているとは思ってもみなかった。

棚田弘志《たなだひろし》は深い感慨を覚えながら、狭い路地に面した二階建てのアパートを見上げた。外階段のペンキがすっかり剝《は》げ落ち、外壁の塗装がところどころ剝げかけている。壁が心なしか傾《かたむ》いて見える。実際には垂直に建っているのだろうが、どのみち大きな地震が来たら一発でアウトだろう。棚田が住んでいたときですら、築二十年を超えていたのだから。

一階と二階にそれぞれ四室。そのうち何室が埋《う》まっているのかは、道路側からは分からない。半分ぐらいは空室のように思われた。

二階の右端の部屋に棚田は住んでいた。六畳の和室で、小さな台所と和式のトイレがついていたが、風呂も洗面所もなかった。

畳は茶色くささくれ立っており、押し入れのふすま紙は、煙草のヤニによって黄色く変色していた。台所の排水溝からは、梅雨《つゆ》時になるとすえたような臭いが漂ってきて、辟易《へきえき》したものだ。

あの部屋で棚田弘志という人間は、この世から消えたはずだった。消したはずだった。

それなのになぜ……。

棚田は拳を握りしめた。

アパートの塀の上を丸々と太った猫が歩いてきた。猫は棚田の顔を見てミャアと鳴くと、意外な機敏さで塀から飛び降り、隣の家の前に並べられている安っぽいプランターの間を縫《ぬ》うように、歩み去った。

そのとき、アパートの一階の最も奥の部屋のドアが開き、背中の曲がった老婆が出て来た。近所に買い物にでも行くらしく、キャリーバッグを引っ張っている。どきっとしたが、当時、あの部屋には中年男が住んでいたことを思い出し、胸をなで下ろす。

だが、長居は無用だった。住宅街でおんぼろアパートを見つめている中年男など、不審者以外の何物でもなかった。

棚田は老婆の視線を避けるように、何気ない様子で歩きだした。

住宅街では歩いているだけでもよそ者は目立つ。通勤に使っている鞄《かばん》を持っているから、訪問販売員か営業マンに見えなくもないだろうが、東京の人間は身にまとっている空気が、地元の人とはどことなく違うような気もした。

それは、東京に出てきたときにも感じた。着ている服のせいか、物腰のせいなのかは分からないけれど、東京の人間は地方都市の人間とはどこか違う。知らない間に、自分も東京の人間の雰囲気を身にまとっていると思うと、先ほどまで感じていた懐かしさの替わりに、居心地の悪さを覚え始めていた。

一方通行の細い道の両側に立ち並ぶ家は、どれも小さかった。戸建といっても、マンションの一室より部屋は少ないだろう。家と家の間は一メートルもない。

子ども用の自転車や、バケツなどを玄関先に無造作に出してある家も多い。家の中が狭いせいなのか、それとも住む人たちの気質のせいか、人々の暮らしが路地にまであふれ出していた。

阿倍野区はJRのほか地下鉄二線が乗り入れている天王寺《てんのうじ》駅から、近鉄南大阪線《きんてつみなみおおさか》のターミナル駅である大阪阿部野橋《あべのばし》を経て地下鉄谷町《たにまち》線の阿倍野駅までの一帯は、デパートやショッピングモールが並ぶ繁華街《はんかがい》になっているが、そこから少し南下したこの辺一帯は、地元の人が二代、三代にわたって住み続けているような、庶民的な住宅街だった。

十八年前、初めて歩いたとき、この街の雰囲気は、棚田をほっとさせた。

働き口どころか住むところの当てもなく大阪にやってきて、終日、街をさまよっていた。梅田《うめだ》、心斎橋《しんさいばし》、難波《なんば》。名前を聞いたことがあるそれらの大繁華街は、どこかよそよそしく歩いているだけで気後《おく》れした。自分が住むような街ではないと思った。

そんなある日、たまたま乗った地下鉄谷町線で、「文の里《ふみさと》」という古めかしい駅名に惹かれて降り、ぶらぶらと歩いていたところ、たどり着いたのがこの街だった。

そのとき、何の脈絡もなく、ここに住もうと思った。

大阪に出てから十日ほど梅田の地下街や、大阪城公園、中之島《なかのしま》あたりのホームレスに交じって野宿していた。持ち金が底をつき、職をみつけなければ飢えると分かっていたが、怒りと恐怖に飲み込まれ、身動きが取れなかった。自分の人生を狂わせた親を呪《のろ》い、自分の運のなさを悔やみながら、死という実感を伴わないものへの恐怖に震えていた。

それなのに、この街を歩いているうちに、胸苦しさが嘘のように消えていったのだ。

路地の両側に立ち並ぶ民家からあふれ出してくる人の暮らしを感じているうちに、生きるということは生活するということだ。飯を食い、眠る。その繰り返しであり、それ以上でもそれ以下でもない。そんなふうに思うようになった。

何をやるにしてもまず、飯を食って眠ること。そうしなければ、生き抜けない。

生き抜いてやる。どんな形であっても。

そんな気になった。

今日、ここに来たのは帰巣《きそう》本能のようなものだ。ここに来れば安心できるような気がした。この街は十八年前、自分を守ってくれた。今回もきっと守ってくれるはずだ。

二日前の夜以来、頭の中に靄《もや》がかかっている。胸苦しくなって初めて自分が息をするのを忘れていると気づくこともしょっちゅうで、鼓動《こどう》は普段の三割増しの速さだ。

落ち着かなければ。

そう思っても、身体がそれを許してくれなかった。

逃げなければ、逃げろ、逃げるんだ！

そんな声が脳の奥から聞こえてくる。こんな状態が長く続いたら、頭がおかしくなってしまう。いや、もう半ばおかしくなっているのかもしれない。二日前の夜から今日までの行動は我ながら常軌《じょうき》を逸《いっ》している。

子どものころから、突発的な出来事に弱かった。何か悪いことが起きると、つい、その場から逃げ出したくなってしまうのだ。

暴力を振るっていた父のせいだ。父は何の前触れもなく癇癪《かんしゃく》を起こし、母を殴《なぐ》ったり蹴ったりした。そばに幼い棚田がいようと、お構いなしだった。棚田が怯《おび》えた声を上げようものなら、暴力の矛先は棚田に向いた。母は当然、身を張って棚田をかばおうとした。すると、父はますます猛《たけ》り狂《くる》い、二人に拳や足を向けるのだった。

その様子を思い出すと、今でも身震いがしてくる。医学部に入り、暴力を振るう人間は心の問題を抱えていることが多いと知った。しかし、同級生たちのように、そうした人たちに一定の理解を示す気にはなれなかった。

父のような人間と身近に接したことがないから、そんな綺麗事が言えるのだ。人の仮面をつけた悪魔が、社会に紛《まぎ》れ込んでいるのだと、棚田は思う。

小学校に上がったばかりの頃だったろうか。例によって父が暴れ出し、棚田をこづいた。棚田に駆け寄ろうとした母は、父にしたたかに腹を蹴られた。奇妙なうめき声をあげた後、母はその場に突っ伏し、動かなくなった。さすがにやりすぎたと思ったのか、父は悪態を吐きながら家から出て行ってしまった。

棚田は母のそばにひざまずき、まぶた一つ動かさない母を震えながら見ていた。こわごわと触れてみた母の身体は暖かかったものの、息をしているかどうか分からなかった。何度か母を呼んでみたが、かすれた声しか出ず、しかもそれは庭から聞こえてくるアブラゼミの鳴き声にかき消された。

誰かに助けを求めるべきだと思ったが、外へ出るのが怖かった。酒で目を赤く濁《にご》らせた父が待ち構えており、自分も母と同じような目に遭わされるのではないかと怖れた。

母がようやく目を開けたときに、安堵《あんど》のあまり、泣き出してしまった。母はしばらく、痛みをこらえるように眉を寄せていたが、やがて棚田に言った。

「お父さんが暴れ出したら、弘志ちゃん、逃げてくれないと……」

それを聞いたとき、心臓が止まるかと思った。

――こんな目に遭わされたのは、自分が逃げなかったからだ。

母にそんなつもりはなかったかもしれないが、そのときの棚田は、自分が責められていると感じた。

そして、自分で自分を責めた。大好きな母が、自分が逃げなかったために、痛めつけられたのだ。

そのときの恐怖、そして悔いは、心の奥深い部分にくっきりと刻みつけられた。

以来、父の様子がおかしいと感じると、棚田は逃げるようになった。母のことが気にならないわけではなかったが、頭が真っ白になり、後先考えずに身体が動いてしまうのだ。

小学校の頃、一度だけ父に反撃を試みたことがある。しかし、大男だった父に腕力で到底かなわず、母は「しつけがなっていない」として、父にさらにひどく殴られる羽目になった。

にっちもさっちもいかないと感じ、小学校の担任教師に相談をしてみた。若い女性教師は親身になって話を聞いてくれ、特別に家庭訪問をしてくれた。ところが、棚田の予想に反して、母は教師の前で父の暴力を笑い飛ばしたのだ。顔にあった痣《あざ》は、階段で転んでできたものだと説明した。

ショックで何も言えない棚田に向かって、女性教師は、ほっとしたような表情を浮かべながら、「棚田君の勘違いだったのね」と言った。教師が帰った後、母は改まった口調で、家の中のことを外の人間にしゃべってはいけないと言った。父にもいいところはある。時々、荒っぽいことをするのはしょうがないと棚田を諭《さと》した。

今考えると、母は父に洗脳されていたようなものだろう。無理にでも、第三者に間に入ってもらうべきだったが、わずか十歳の子どものことだ。母の言葉に従うほかなかった。母が亡くなってからは、逃げろと諭す母の代わりに、ピンチに陥るたび、頭の中から声が聞こえるようになった。

逃げなければ、逃げろ、逃げるんだ！

自分の声のようでもあり、知らない人の声のようでもあった。そして、その声に、必ず母の声がかぶさる。

――弘志ちゃん、逃げてくれないと……。

その声が聞こえると、言いようもない不安感に襲われ、我を失ってしまう。後で考えると、逃げる必要はないと思うことも多かったし、男として情けないとも思ったが、身体が条件反射してしまうのだ。

このやっかいな癖を治そうと努力はした。突発的な出来事に弱いというのは、医師としては致命的だ。医師になって金銭的な余裕ができるや否や、密かにカウンセリングにも通った。

しかし、それは容易ではなかった。大学病院にいたころは、重症患者のほか急患も多く、手術室でたびたび起きる突発的な事態に怯《ひる》むことも多かった。外科医として使いものにならないのではないか、という周りの視線が痛かったが、北原総合病院に移ってからは状況が大きく変わった。上司となった大下は、医者として腕がよいばかりでなく、人柄もおおらかだった。大学病院のように、ぴりぴりとした雰囲気の中で、教授の顔色をうかがう必要もなかったし、時間的にも多少、余裕があった。

診断画像や検査データを丁寧に読みこみ、慎重に準備さえすれば、手術室でどんな突発的な事態が起きても大丈夫なのだ。そういう経験を積み重ねるうちに、自信がついていった。恐れなければならない対象から離れたことも大きいだろう。

それなのに、職場を放棄してこんなところをさまよっている今の自分が情けない。弱点が克服できていなかったということか。

でも、あの男が突然、訪ねてくるとは……。全くその心配をしていなかったわけではない。無理やり出席することになった学会、そしてシンポジウム。やはりあれがまずかったに違いない。シンポジウムのチラシには、顔写真も印刷されていた。

確か、下山《しもやま》という名前で、父の愛人の中でも最低だった、あの女の従弟《いとこ》だった。それだけならまだいい。下山は、棚田が絶対に見つかりたくない男、黒沢竜次《くろさわりゅうじ》の親友だった。黒沢に見つかったらただですむはずがなかった。

下山を突き飛ばしてしまったのは、身を守るためにはやむを得ないことだったと自ら言い聞かせる。でも、まさかあんなことになるとは。

コンクリートの舗道に後頭部をしたたかに打ちつけ、白目をむいていた下山の顔を思い出すと、身ぶるいをしてしまいそうだ。

下山はあのまま死んだのだろうか……。

確かめるべきだったと今は思う。でも、そんな心の余裕はなかった。ついに黒沢に見つかってしまったのだという焦りで、我を忘れてしまっていた。

――弘志ちゃん、逃げてくれないと……。

逃げなければ、逃げろ、逃げるんだ！

その声に押されるように、その場を離れた。

棚田は上着の胸のあたりを押さえ、財布の厚みを確かめた。

東京を離れる前に、新宿駅近くのＡＴＭで二十万円を下ろした。

限度額一杯の百万円を下ろしておけばよかったと今になって思う。逃げている最中に、金を下ろせば、その情報が警察に行くかもしれない。

下山が死んだり、大けがをしたりしていなければ、警察に追われるということはない。

今のところ、ニュースになってはいないようだが、実際のところどうなのかは分からない。用心するに越したことはなかった。

そして、下山が軽傷だったとしても、棚田の身が危ないことには変わりがなかった。

黒沢は、蛇《へび》のように執拗《しつよう》だ。底光りする細い目を思い出すだけで、身体がすくみそうになる。

黒沢に捕まったら、自分はお終《しま》いだ。

それにしても、新潟に行ってしまったのは痛かった。二日前、夜の十時ごろに新宿駅にたどり着き、東京駅を目指そうとしたのだが、どこに向かうにせよ、最終の新幹線はすでに出てしまっていることに気がついたのだ。

絶望的な気持ちで電光掲示板を見ていたら、「ムーンライトえちご」という新潟行きの夜行列車が十一時過ぎにあった。多客期のみ運行されている夜行列車のようだった。

救われたような思いで切符を買い、新潟駅に着いたのが五時少し前。そこまではよかったのだが、駅を出た瞬間、途方に暮れてしまった。

新潟は初めてだった。右も左も分からない町で、自分はいったい何をしようとしているのか。どのあたりに行けばよそ者が目立ちにくいのかといった基本情報すら知らない。

コーヒーを飲めるような店は開いていなかったので、構内の待合室で缶コーヒーを片手に呆然《ぼうぜん》としていた。

興奮状態が冷めておらず、考えをまとめようとしてもうまくいかなかった。診察を放棄して逃げ出したことの重大性に気づき、これで職を失うかもしれないと思うと、叫び出したくなるような焦燥感に襲われた。

そのときふと、大阪に行こうと思ったのだ。

大阪は十八年前、自分をかくまってくれた。今回もかくまってくれるとしたら、大阪以外にないような気がした。三年ほど暮らした大阪ならば、土地鑑もある。そして、棚田が一時期、大阪にいたことを連中は知らないはずだった。

みどりの窓口で尋ねたところ、新潟から大阪まではいったん東京に戻り、東海道《とうかいどう》新幹線に乗り継ぐのが最短だということだったが、東京には足を踏み入れたくなかった。だから、在来線の特急を乗り継いで北陸経由で六時間以上かけ、大阪までやってきた。くたびれきってしまい、大阪に着くなり、駅に近い安ホテルに飛び込んだ。

東京から新潟、そして大阪までの電車賃が二万円ちょっと。昨夜、泊った大阪駅裏の安ホテルの宿泊料が五千円。その他の雑費を差し引き、もともと財布に入っていた金とあわせ、約十九万円。当分の間、それでしのがなければならない。

それにしても疲れた。疲れ過ぎていた。

新潟までの夜行列車でも、安ホテルのベッドでもほとんど眠れなかった。そのためか身体はぐったりとしていた。今朝、チェックアウト時間を延長してもらい、十二時まで部屋にいたぐらいだ。

昼過ぎにようやく外に出た。およそ二十年ぶりに訪れた大阪駅周辺、梅田と呼ばれる地域は大幅に様変わりしていた。大阪駅の北側に新たな商業施設ができ、その施設からホームにかけて、斜めの屋根がかかっていた。その裏には巨大なヨドバシカメラが建っていた。

梅田の顔だった阪急《はんきゅう》デパートや、円柱状のフォルムがランドマークとして親しまれていた大阪マルビルは、新施設に遠慮するようにひっそりとたたずんでおり、どことなく寂しげだった。

ガード下の安い飲み屋で昼間から酒を飲み、串ものを食べているオヤジたちは健在で、その一画だけは昔のままだったが。

酒を飲む気にもなれず、駅構内のカレーショップで食事をすることにしたが、胸がつかえるようで半分も食べられなかった。

とにかく、落ち着くこと、眠ること。今後のことはそれからだ。

そう自分に言い聞かせ、心を鎮めようとしたが、相変わらずうまくいかない。

脳の奥のほうに無理やり封じ込めた悪夢のような二日前の出来事が、目を閉じてもいないのに、眼前をちらつく。胸がふさぐ。胃がきりきりと痛む。大声で叫びながら駆けだしたくなる。

そのとき、小さな子どもが、母親に手を引かれて民家の玄関から出て来た。

「お父さんは、行かないの？」

甲高《かんだか》い声で子どもが母親に尋ねる。

お父さん、という言葉で、ふと思い出した。そういえば、昨日、約束が一つあったのだった。

おそらく相手は携帯に何度も連絡してきただろう。そして、怒り狂っているに違いない。でも、どうすることもできなかった。まずは、自分の身を守らなければ。すべてのことはそれからだ。

棚田は重い脚を引きずるようにして歩き続けた。

身の安全さえ確保できれば、戻って責任を果たすつもりだった。

他人には言えないようなことまでして、医者になったのだ。

何度も医者の道を諦《あきら》めようとした。まず、医者になれないと思った。無一文で頼れる人間がいないどころか、身分証明書すら持たない二十歳そこそこの男が、大学の医学部に入学し、六年間の学生生活をつつがなく送って卒業し、医者になるなんて、あり得ないことだと諦めていた。

だが、突然、チャンスが転がり込んできた。今歩いているこの街で。

それを生かして、今の地位まで這《は》いあがって来た。

簡単だったわけではない。故郷を出てから医者になるまでの過程で、何人かの女たちの人生を踏みつけにしてしまったことも自覚していた。

彼女たちに対して、すまないと思う気持ちは、当然ある。しかし、いつも事はひとりでに運ぶ。なぜか、女たちは手をさしのべてくれるのだ。人並み以上とは思えない容姿だし、かつてはひどく貧乏をしていた。なぜ、そんな男を助けてくれるのか、棚田自身、不思議でしょうがなかった。

女たちに尋ねると、たいてい「放っておけないかんじがする」と言われた。それを聞いて、分かるような気がした。不幸を背負っている人間がまとっている空気に吸い寄せられてしまう性質を持つ女が、世の中には一定の割合でいるのかもしれない。

だとしたら、自分にはどうしようもないことだ。悪意を持って彼女らに近づき、騙《だま》したわけではなかった。

それが都合のよい言い訳であることは分かっていた。手をさしのべてくれたのが、彼女たちの自発的な意志であっても、手を握ってしまった以上、責任が発生するはずだ。責任から目をそらし、女たちを使い捨てにしてきたようなものだ。そのことは、心の奥底に澱《おり》のように溜まっている。

しかし、だからといって、医者になるという目的を諦めたくはなかった。

医者になること。しかも、外科医に。

それは、棚田ばかりでなく、棚田が十歳の頃失意のままに死んでいった母の望みだった。それをかなえてやらなければ、母の人生はただ、ただ、惨《みじ》めなだけのものということになるような気がしてならなかった。母自身、このままでは何のために生まれてきたのか分からないと言っていた。

死んでしまった以上、棚田がどんな仕事をしようと、母には分からないわけだが、母の人生を意味のあるものとするには、自分が外科医になるほかないと思い込んでいた。

父に虐《しいた》げられ、身体を壊し、生きていてもいいことなんか何もないと嘆《なげ》く母の唯一の希望が、棚田を医者にすることだった。

「弘志ちゃんは、頭がいいし、優しいから、お医者さんに向いていると思う」

小さい頃からそう言われてきた。普通、そういう育てられ方をしたら、子どもは反発するものかもしれないが、棚田は違った。棚田からみても、母の人生は惨めなものだった。父は愛人を何人も作り、そのうちの一人は母の生前から家に出入りし、母の一周忌も済まないうちに後妻に収まった。父ばかりか、あの女にまで、母は踏みつけにされた。父も、あの女も絶対に許さない。

自分が医者になることで母が喜んでくれるなら嬉しかったし、自分自身も、病弱な母について病院に通っているうちに、医者という仕事に憧れを持つようになった。しかし、改めて振り返ると、あまりに多くの他人を踏みつけにしてきた。その報いがやってきたのだろうか。だから今、こんなふうに再び逃げているのだろうか。

頭が混乱してきた。まだ冷静ではないようだ。冷静にならなければと思う。かっとなって我を忘れるのでは、父親と認めたくないあの男と同じだ。

そう自分を戒めてみても、胸の中のざわざわとする気分は消えなかった。

——もしかしたら、自分は父親以上のろくでなしではないか。

十二年ぶりに遼子から連絡をもらったとき、そう思った。

父は、母と棚田を地獄に突き落とした。だが、母と所帯を持ったわけで、機嫌のいいときには、豪勢な食事に連れて行ってくれたし、金もふんだんに使わせてくれた。

それに対して、自分はなんということをしてしまったのか。

遼子から妊娠したと打ち明けられたとき、頭の中が真っ白になり、「逃げなければ」と思った。だが、逃げたらそれまでの苦労が水の泡になる。他人には言えないことまでして、再入学した医学部だった。それを手放す気には到底なれなかった。

かといって、子どもと遼子を引き受ける気にもならなかった。まず、経済的な問題があった。生活費と授業料を工面するだけでもカツカツなのに、結婚、ましてや子育てなんて無理だ。

さらに、ちょうどその頃、性格が外科医向きではないから、内科、あるいは基礎研究者を目指してはどうかと指導教授に言われていた。自分でも、そのことには気がついていた。外科医は突発的なことに冷静に対応しなければならない。すぐに逃げたくなるような人間には向かないのだ。そういう自分の性格をなんとかしようと、日々、自分を叱咤激励《しったげきれい》しながら生きていた。自分以外の人間、ましてや子どもの面倒など見られない。

堕ろしてくれ、と遼子に言うことに、抵抗がなかったわけではないが、その子が、自分ばかりでなく、あの父親の遺伝子を受け継ぐという事実が、棚田の背中を後押しした。遺伝子によって性格が決まるわけではない。あくまでも、環境要因が重要だと遺伝学の授業で習ったが、ホルモンの分泌量などは遺伝子で決まることもあるわけで、当時の棚田には、まったく無関係とは思えなかった。遼子だって、もっとまともな男と結婚し、その男の子どもを産んだほうが幸せになれるに決まっている。

子どもは堕ろしてほしいと告げると、遼子は泣き、怒った。彼女の両親の怒りもすさまじかった。

それでも、これは最後の試練であり、ここを乗り切れば母の人生を意味のあるものにできるのだと自分に言い聞かせ、彼らの泣き声や罵倒に耐えた。今思うと、あのとき逃げなかったのは奇跡に近い。しかし、ある意味、自分は逃げた。姿を消さなかっただけで、遼子と子どもから逃げた。

あのときはそれが正しいのだと思い込んでいた。でも、今となってはどうなのか。子どもは生まれていた。そして、臓器移植が必要となるほど重い肝臓疾患だという。

これまで病気のことどころか子どもの存在すら知らず、知った現在も、こうして逃げている。

最悪の男。最悪の医者。

そんな言葉が脳裏《のうり》に浮かんでは消える。

本当はこんなふうに逃げている場合ではないのだ。職場のことだってある。そういえば、患者が一人、名指しでオペの執刀をしてくれと言ってきていたはずだ。他の患者に評判を聞いたからのようで、その話を大下にされたとき、心底嬉しかった。補助的な立場ではなく、メインの執刀医としてバイパス手術を手がけるのは初めてのことになるから、大下もずいぶん、激励してくれた。

戻りたいと強く思う。でも、まだあの声はやかましく脳内で暴れ回る。

逃げなければ、逃げろ、逃げるんだ！

ともかく、しばらく身を潜め、安全を確保するしかないのだ。そうしたら、気持ちも落ち着いて、本当の自分、医者としての仕事をきちんとこなせていた自分に戻れる。そうしたら改めて、あの子のことも考えてみよう。

あべの筋《すじ》が近くなるに従って、酒屋など個人商店が目につくようになった。その中の一つ、スワンという純喫茶の看板を見たとき、懐かしさがこみ上げてきた。紫の看板も、ドアにかけている「営業中」の木札まで当時と変わっていない。

何度も入ったことがある。よくモーニングセットを食べていた。しなびた茄子《なす》のような中年女が一人でやっていて、気を遣わずにすむのがありがたかった。それに、店構えはみすぼらしいが、コーヒーは本格的なものでなかなかうまかった。

あの女はきっと今でもこの店にいるのだろう。ドアを押せば、彼女が陰気《いんき》な声で「いらっしゃいませ」と声をかけてくるのだろう。

窓に張ってある手書きのメニューに「モオニングセット、四百十円」と書いてあるのを見て、少し笑ってしまった。

昔からそうだった。

なぜ「モーニング」ではないのか、気になったので、指摘したことがある。誰か指摘してやればいいのにと気になっていたのだが、二十年近い時を経ても、頑《かたく》なにモオニングで通しているところを見ると、何かこだわりめいたものが、店主にあるのかもしれない。

自分が笑ったことに棚田は驚いた。笑う力が、自分に残っていたとは。

気力が一気に戻ってくるのを感じた。

笑えるということは、感情が麻痺《まひ》し切っているわけではないということだ。大丈夫。なんとかなる。

棚田は拳を握りしめた。

十八年前、自分は逃げ切ってみせたではないか。二十歳そこそこの若造で、世間というものをまるっきり知らなかったのに、逃げ通すことができ、この町に腰を落ち着けた。それだけでも上出来だ。でも、それ以上のこともできた。自分は自分の力で新しい人生を手に入れたのだ。

とにかく、今夜、眠る場所を探そう。眠らなければ、身体が回復しない。身体が回復しなければ、考えもまとまらない。

身の安全を確保すること。

落ち着きを取り戻すこと。

その二つを念じ続けたところ、心なしか、脚が軽くなったようだった。棚田はあべの筋に向かって足を速めた。

あべの筋は市内の南部を南北に走る大通りである。通りに出ると、排ガスの臭いがむっとした。目の前を阪堺《はんかい》電《でん》気《き》軌《き》道《どう》上町《うえまち》線の青い車両が、ガタゴトと音を立てて通り過ぎていく。天王寺駅前から住吉《すみよし》公園駅までを結ぶ路面電車だが、今も現役で走っているとは驚きだ。

棚田は片側式のアーケードの下を歩き始めた。立ち並ぶ飲食店から、出汁《だし》やソースの匂いが漂ってくる。久しぶりに空腹を覚えたので、すぐ目の前にあったラーメン屋に入った。

食券を買ってしまってから、大阪のラーメンは食えたものではなかったことを思い出し、うどん屋でも探したほうがよかったと後悔したが、出て来たラーメンはごく普通のものだった。魚介の出汁がきいたスープは絶品とまでは言えないが、それなりに美味いし、麺も柔らかくない。

十八年前、初めて食べた大阪のラーメンは、麺が柔らかいというより伸びていて、スープもコクがまったくなかった。とんこつラーメンになじんでいた棚田には、我慢ができない代物《しろもの》だったが、年月がこの町のラーメンのレベルを飛躍的に上げたようだ。

どんぶりを両手で持ち、スープを飲み干しながら、今夜は、このあたりに泊ろうと思った。

知らない町をさまよい、不安を増幅させていくよりも、昔なじみのこの町に腰を据え、今後のことをしっかりと考えるべきだ。

店を出ると、あべの筋を北に向かってさらに歩いた。天王寺の駅前あたりで今晩泊るところを探すつもりだった。

手持ちの金を考えると、カプセルホテルか漫画喫茶、インターネットカフェの類《たぐい》に泊りたかった。天王寺駅前は、雑居ビルが立ち並び、繁華街になっているから、その手の施設はすぐに見つかるだろう。できるだけ安いところがいい。二日前の夜以来、着たきりすずめなので、季節がまだ春とはいえ、衣類は汗で少し臭い始めている。下着ぐらいは買って替えたかった。他にも身の回りのものを買わねばならないだろうから、出費はできるだけ抑えたい。一方で、居心地のよいところが望ましかった。

駅前に着き、周囲を見回すと、それらしき店がいくつか目に入った。一か所で決めず、何か所か様子を見に回ってみることにする。どうせ、時間はあるのだ。

一軒目は、インターネットカフェ。雑居ビルの前に、けばけばしい原色を使った看板がある。店は二階にあるようだった。階段を上っていくと、すぐに入口がみつかった。

ガラス戸から中の様子をうかがう。入ってすぐ右が受付になっていて、カウンター越しに金髪の従業員が腕組みをしながら客に応対していた。自動販売機が邪魔になって棚田の位置からは客の姿は見えなかったが、二人連れのようだった。そのうち一人は草色のジャケットを着ていた。

この店は嫌だな。

なんとなくそう思った。従業員の横柄な態度が気に食わないし、入口に出ている料金を表示した看板が薄汚れているのも気になった。看板がこの様子では、中も期待できないだろう。ただ、その分、料金は安いようだった。他のところが高すぎたらここに戻ってきてもいいだろう。

料金を忘れたときのために看板の写真を撮っておきたかったのだが、東京を出るときに携帯を捨ててしまったのだった。

通話をしなくても電源が入っていれば、携帯は電波を発信している。そのときいる場所の最寄りの基地局を特定され、居場所の見当をつけられると聞いたことがあった。

自分を警察が追っているかどうかは分からない。でも、そうではないとはっきりするまでは、用心するに越したことはなかった。それにしても、携帯が使えないとはなんと不便なことか。

舌打ちをして、階段を下りる。

その後、ネットカフェをもう一軒と、漫画喫茶をのぞき、カプセルホテルにたどり着いた。五時から朝十時までで三千三百円。ネットカフェや漫画喫茶と比べると割高だ。そろそろ歩きまわるのが嫌になってきた。まだ探せば何軒かはありそうだったが、安宿を求めてさまよっていることの惨《みじ》めさに、これ以上、耐えられそうになかった。

つい、十八年前と同じような感覚になってしまったが、今は医者なのだ。

二軒目のネットカフェに決めるか。一軒目と比べて多少高いが、シャワールームがついている。下着を替えて熱い湯を浴びたかった。

入店する前にコンビニに寄り、パンツとソックスを買った。二千円近い出費は痛かったが、しょうがない。

そのネットカフェは、天王寺駅北側の比較的新しい雑居ビルの最上階にあった。エレベーターで八階まで上がる。

エレベーターから出て、五メートルほど先にあるネットカフェへ向かおうとしたとき入口の自動ドアが開き、草色のジャケットを着た男が出てきた。さっきのネットカフェにいた男だ。その顔を見た瞬間、棚田の心臓は凍りついた。

下山！　なんで奴がここに？

下山は棚田の顔を見て、両目を大きく見開いた。背後を振り返って叫ぶ。

「いたぞ！」

踵を返す。エレベーターの扉はまだ開いていた。駆け込み、ドアを閉める。その間にも下山が走ってくる。

心の中で念じる。エレベーターの扉の動きがじれったい。

閉まれ！

心の中で念じる。

下山が手を伸ばしてきた次の瞬間、扉は閉まった。低いモーター音を上げながら、エレベーターは下降を始めた。

心臓がはち切れそうだった。いつの間にかその場で足踏みをしていた。彼らはたぶん、非常階段を駆け下りている。耳を澄ませても足音は聞こえないが、絶対にそうだ。

二、三階ならともかく、八階からならエレベーターのほうがおそらく早く地上に着く。そう思ってみても、万一、先回りされたらと思うと、パニックを起こしそうになる。

とにかく落ち着かなければ。エレベーターより早く階段を駆け下りるのはまず無理だろう。

でも、地上に着いたら、そこからどうする？

目の前の道路に空車のタクシーが停まっているなどという幸運にかけてはいけない。とにかく、走って逃げるしかない。駅のほうに向かうのがよいだろうか。

鞄《かばん》の柄《え》を握りしめ、呼吸を整える。深く息を吸い込むのにこんなにてこずるとは。自分の身体ではないようだ。

エレベーターが停まった。

扉の前に相手が立っていたらどうしよう。まさかそんなはずはない。めまぐるしく思考が交錯するなか、扉がゆっくりと開いた。息を詰めてその先を見る。

誰もいない。

扉が開き切るのを待たずに、棚田は外に飛び出した。

街はいつの間にか夕暮れどきを迎えていた。ついさっきまで気にもとめていなかったネオンや看板の明かりが、目にまぶしい。風は生温かく、埃《ほこり》臭かった。まるで、異世界にでも紛れ込んでしまったような頼りなさを覚える。

左右を見回した。

とりあえず、天王寺の駅だ。なるべく人が多いほうへ行こう。

いや、それとも相手の裏をかいて、反対の北へ向かうべきか。それとも西か東か。

一秒も無駄にできない状況だというのに、きりきりと胃が痛み、心を決められない。半泣きになりながら、棚田は南に向かって駆け出した。

数秒走ったところで、背後から声が聞こえた。

「棚田！　待てよ！　話がある」

話なんて、こっちにはない。

棚田は歯を食いしばった。ここで捕まるわけにはいかない。必死で脚を動かす。歩道を歩く人たちの間を縫うように、棚田は走った。

若い女を追い越すとき、肩がぶつかった。

「なんやねん！」

女が大声を上げたが、謝る余裕もなかった。

息が上がってきた。汗で視界がにじむ。肺がはち切れそうだ。

背後を振り返って、相手の位置を見たかったが、振り返ることによって失う時間のほうがもったいない。

二十メートルほど先の交差点の歩行者用信号が点滅していた。棚田は力を振り絞り、交差点に駆け込んだ。

クラクションがいくつも鳴り響く。そして怒声。

それでも、なんとか反対側の歩道にたどり着くことができた。

そこでようやく振り返る。車の流れの向こうに、さっきの二人連れの姿が見えた。顔立ちまでは分からないが、草色の上着とグレーのスーツ。間違いない。

棚田は再び走りだした。彼らを撒《ま》くなら今しかなかった。思いつきで、角を一つ曲がってみる。

薄暗い路地だった。五十メートルほど全力で走ったところで、棚田は、自分の体力がそれ以上、持たないことを悟った。全力で走るなんて、高校生の体育祭以来なのだから、当たり前だ。

電柱があったので、大通りから見えにくいよう、その裏に入りこみ、どこか身を隠せるようなところはないか、視線を走らせる。

すぐ隣はコンビニ。店内が明るすぎる。その向かいは牛丼屋。店の中が丸見えだ。縄のれんがかかっている古めかしい居酒屋。営業中の札は出ているから開いているのだろうが、うまく身を隠せるかどうか。

大通りのほうを確認したとき、棚田の喉から、自分のものではないような声が出た。二人組が何事か話し合っているのが見えた。そのうちの一人、下山が、こちらに向かってくる。まだ気づかれてはいないようだが、このままでは気づかれるのは時間の問題だった。

隠れなければ、と思った。

下山は棚田より年は二つか三つ上だが、高校時代にラグビーで鳴らしていたから、馬並みのスタミナがあるに違いない。それに、ここで急に走り出したら、相手に自分の居場所を知らせるようなものだ。

だが、隠れるのによさそうな場所なんて、そうそう見つかるものではない。棚田はすぐ隣にあったコンビニに滑り込んだ。

おでんの匂いがぷんとした。こんなときだというのに、あまりにもありふれた光景。思わず涙ぐみそうになった。とりあえず、棚の陰に身を隠したほうがいい。挙動《きょどう》不審な人物と思われたのだろうか。中年の女店員がレジの脇からカウンター越しに身体を乗り出した。ひやっとしたが、次の瞬間、背筋が凍った。

「モトキ? あんた、モトキとちがう?」

誰なんだ?

外から見えないよう、棚と棚の間の通路に移動してから、振り返る。

中年女が、棚田をじっと見つめていた。コンビニ店員にしては化粧が濃い。愛嬌《あいきょう》のあるタレ目に見覚えがあるような……。

女が笑みを浮かべた。

「やっぱり、モトキだ」

右頬に浮かんだえくぼを見て、棚田は息を呑んだ。

「弓枝《ゆみえ》さん……」

女の眼がぱっと明るくなった。

「嬉しいわあ。わたしの名前、覚えててくれたんやねえ。何年ぶりやろ」

綿貫《わたぬき》弓枝は、派手なピンクのネイルを施した指を折って数えはじめた。

これは……。幸運なのか、不運なのか。幸運であることに賭《か》けるしかない。棚田はすっかり乾いてしまった唇を舐《な》めると一気に言った。

「悪いが、頼みがある。追われてるんだ。バックヤードに隠れさせてほしい」

弓枝の顔に緊張が走った。だが、すぐにうなずいた。

「この店はわたしがオーナーや。まかしといて」

棚に弁当を補充していた茶髪の娘が驚いたような顔で、弓枝と棚田を見比べている。その娘に向かって弓枝は低い声で言った。

「余計なことを言ったら承知せえへんよ。あんた、しばらくレジに立っといて。何も見ていないってことにしとき」

娘が小刻みにうなずく。

外の様子をうかがいながら、棚田はカウンターの内側に入り、その奥にある銀色の扉の内側に身体を滑り込ませた。

すぐ後から、弓枝が入ってきて、先に立って歩き出す。

「とりあえず、奥へ行こ。声が聞こえないようにな」

飲料ケースの裏と思われる場所で立ち止まると、弓枝は振り向いた。

「どういうこと？」

「それが……。一言では言えない」

「ほなら、質問を変えるわ。あんたを追ってるのは誰？　ヤクザもの？」

棚田は首をかしげた。

下山が今何をしているかは、実際のところ知らなかった。こんなふうに執拗《しつよう》に追いかけてくるからには、ヤクザものとつながりがあるかもしれない。

だが、それを説明したところで、何が変わるわけでもないから、余計なことは言いたくなかった。

「警察ではないの？」

「いや、違う。警察ではない」

弓枝は十五、六年前と比べて、厚みが二割ほど増えた肩をすくめた。

「話す気はないみたいやね。まあ、いいわ。後でゆっくり聞かせてもらう。とりあえずここにおって。追手が来たとき、さっきの娘一人じゃ心もとないから、わたしも店に出てくる」

弓枝は棚田の背中を軽く叩くと、ゆっくりとした足取りで店に戻って行った。

棚田は息をつくと、改めて周囲を見回した。

飲料やお菓子の名前がプリントされた段ボール箱が、所狭しと積み上げられている。天井でむき出しになっている蛍光灯の光が寒々しかった。少しカビくさい臭いがするのは気のせいだろうか。

そのとき、店から弓枝の声が聞こえてきた。

「はあ、ベージュのジャケットを着た男ですか。来てませんよ」

さっきより声のトーンが高かった。棚田に聞かせようとしてくれているらしい。

「事件でもあったんですか?」

相手の声は小さく、返事を聞きとることはできない。弓枝も声を下げたのか、何を言っているのか分からなかった。最後の台詞だけ、再びはっきりと聞こえた。

「まあ、ええです。とにかく、ウチには来てへんから、そういうことで」

自動ドアが開くような音がした。

助かった!

棚田の全身から力が抜けていった。その場に膝《ひざ》をつくと、棚田は肩で大きく息をした。走ったせいか、全身ががくがくと震えていた。

しばらくすると、弓枝が意気揚々と戻ってきた。

「うまいこと追い返してやったわ。わたしもなかなかの役者やね」

小鼻を膨らませながら言う。

「相手は、なんて言ってた?」

「ベージュのジャケットを着た男が来なかったかって聞くから、そんなジャケットを着てる人なんてごまんとおるから、いちいち覚えてないけど、この一時間ぐらいの間には来ていないって言うたった」

「それで?」

「それだけや。事件でもあったのかって聞いたけど、何も教えてくれなかったわ。それより、あれは誰？　借金取りか何か？」

棚田は首を横に振った。弓枝が不満そうに唇を尖《とが》らせる。

「まあ、ええわ。それより、これからどうするの？　あの男、まだこのへんをうろうろしているでしょう。あと三十分ぐらいしたら、夜勤のバイトの子が来るから、そうしたら、タクシーを裏口に呼んでわたしのマンションに行く？　なんなら、泊ってもええよ」

「えっ、いいのか？」

思わず弓枝の顔をまじまじと見る。

「乗りかかった船やからね。いろいろ話も聞きたいし。今日のこともそうやけど、昔のことも」

棚田は、はっと息をのんだ。そして、うなだれた。

「これまでどうしていたのか知りたいわ。わたしには知る権利があると思うしな」

弓枝はそう言うと、店内の冷蔵ケースにつながるドアを開け、ペットボトルのお茶を取ってくれた。

「まあ、これでも飲んで、少し休んどき。あんた、ひどい顔してるわ」

そう言われるまで気がつかなかったが、喉がからからだった。弓枝はお茶を渡すと、ゆったりとした足取りで店に戻って行った。

新大阪駅から大阪駅に向かうJR京都線に奈月は乗っていた。電車は淀川《よどがわ》を渡るところだった。はるか前方に梅田のビル群が見える。川には、奈月を乗せた電車が渡っているものとは異なる鉄橋が何本もかかっていた。地下鉄御堂筋《みどうすじ》線、JRの神戸線、阪急線。自動車が行き交う橋もあり、いったい何本あるのか見当もつかない。

この風景はちょっといいなと前に来たときにも思った。近畿地方の中心部に入っていく、あるいは逆に中心部から外へ出て行くという自分の意識が、周りの風景とシンクロナイズして、爽快《そうかい》な、あるいは少々感傷的な気分になる。前回来たのは大学のときだから、十五年は経っているのに、川も橋も当時と同じように見えた。

あのときは友達と二人で、海遊館《かいゆうかん》に遊びに来たのだ。動物好きの子でジンベエザメを見たい、と言うから付き合うことにした。ジンベエザメどころか、生き物にたいして興味があったわけではない。でも、大阪という街を一度、見てみたかった。

実際に来てみると、街自体は、東京とたいして変わらないことにがっかりした覚えがある。その後、さまざまな地方都市を訪れ、日本国内であれば、どこもたいして変わらないのだと納得するに至《いた》ったのだが、当時は、人の雰囲気や言葉こそ違うが、見なれた看板がいたるところにあり、自分たちがまごつくこともなしに、バスや地下鉄に乗り、食事をし、ホテルに泊れることに拍子抜けする思いだった。

もっともそういう印象を受けたのは、市内の南のほうへ行かなかったからかもしれない。

くいだおれ人形やグリコの看板があり、大阪の名所のようになっている道頓堀《どうとんぼり》や、ビリケン様とかいう奇天烈《きてれつ》な人形が鎮座《ちんざ》している通天閣《つうてんかく》なんかに奈月は行ってみたかったのだが、南のほうはガラがあまりよくないから行きたくないと、友達に反対され、結局行けなかった。その彼女は、卒業してから三年後にエンジニアの妻となり、今は夫と二人の子どもとともに、国分寺《こくぶんじ》のマンションでにぎやかに暮らしている。

そういえば、彼女にも三年ほど会っていない。前回会ったとき、上の女の子は確か小学校四年だったから、この春、中学校に通い始めたはずだ。お祝いの電話ぐらい、かけたほうがよかったかもしれない。

そして、奈月は思う。

自分は子どもを持つことがあるのだろうか。三十七という年を考えると、出産のチャンスはあと数年しかないはずだ。子どもについて話し合ったことはないけれど、譲はどう考えているのだろう。

そんなことを思っているうちに、電車は川を渡り終え、ＪＲ大阪駅のホームに滑り込んだ。人混みの中をホームから地下に入り、地下鉄谷町線の東梅田《ひがしうめだ》駅を目指した。東梅田は大阪駅からは、少し離れているが、阿倍野に行くには谷町線に乗る必要があり、この駅で乗り換えるのが便利そうだと思ったのだが、歩き始めてすぐに後悔した。地下街は複雑に入り組んでおり、案内板も少なかった。人の動線の設計のしかたがまずいのか、歩いている最中に、やたらと他人とぶつかりそうになる。谷町線のシンボルカラーは紫だった。紫色の表示を求めて歩き回っているのに、赤がシンボルカラーの御堂筋線、阪急電車、阪神《はんしん》電車の改札が次々と現れ、嫌気がさしてくる。こんなことならば、別の経路で行くべきだった。

何度か人に尋ね、ようやくそれを探し当てたときには、大阪駅に降り立ってから三十分が過ぎていた。

ホームに降りていくと、ちょうど銀色の車体が滑り込んでくるところだった。行き先は「文の里」とある。路線図で、その駅が阿倍野の一つ先にあることを素早く確認し、電車に乗り込む。可愛らしいチャイムの音が鳴り、地下鉄は発車した。

美里町の佐藤基樹が家を出て二、三年後住んでいた阿倍野区のアパートに行ってみるつもりだった。手掛かりは今のところ、それしかない。

建物が残っているかどうかは分からないけど、彼がそこに住んでいたことは確かだった。

日曜、美里町から自宅に戻ると、遼子から再び電話があった。そのとき、佐藤が大阪にいたことはなかったかどうか、もう一度、思い出してほしいと言ったところ、「ひょっとしたら、そうかもしれない」と言い出した。

「独り言で、アカン、って言ったことがあります。それで、関西にいたことがあるのかどうか聞いてみたんですけど、教えてくれなかった」

それだけのことでも、大阪に足を運ぶ気になった。

佐藤老人と彼の妻は、二人の身内である佐藤基樹が、奈月が持っていた写真の人物とは別人だと証言した。彼らが嘘をつく理由はない。

別人だとすると、美里町のような小さな町で、生年が同じで同姓同名で、しかも名前の漢字一字に至るまで同じなんていう人間が存在するということになるが、それもやっぱりおかしい。偶然がすぎる。

遼子の恋人だった佐藤基樹は、美里町の佐藤基樹とすり替わったのではないか。

そう考えたほうが、筋が通るような気がした。

それに、遼子の元恋人だった佐藤の態度や性格も引っ掛かる。

例えば、上司だった大下の話。

突然、背後から背中を叩かれたといって、顔色を変えるほど驚くものだろうか。その後、照れ笑いをするならまだしも、不機嫌な態度になるというのは、どこか普通ではないものを感じる。

だが、彼が身分を偽《いつわ》っていたと仮定したら、さほど不自然ではないように思うのだ。

それにしても、他人になりすますというのは……。

理由がなければ、そんなことはしない。逆に言えば、そこまでするということは、それだけ大きな問題を彼は抱えていたということになる。

自分の仮定について、遼子には話していなかった。まだ確信は持てなかったし、佐藤は別れた相手とはいえ、彼女の息子の父親である。彼が実は他人になりすましていたかもしれない、とは口にしづらいし、信じてもくれないだろう。

遼子の元恋人がチンピラか何かだったらまだ分かるが、彼は医者だった。しかも大きな病院に勤め、上司からは仕事ぶりを評価されていた。患者からも手術で執刀《しっとう》してほしいと懇願《こんがん》されており、要するに、エリート中のエリートだったのだ。

それが実は別人であり、他人の仮面をかぶって生きてきたなんて、奈月自身もいまだに信じがたい。

大学の頃、彼はすでに佐藤基樹と名乗っていたわけで、美里町の男と入れ替わったとしたら、その前だ。つまり、二十四歳以前に、何か事情があって、新しい身分を手に入れたことになる。

新たな身分を手に入れる方法については、日曜の夜に平沢に電話で尋ねてみた。込み入った話ならば会おうと言われ、中野駅の商店街にある居酒屋で久しぶりに顔を合わせた。

平沢はビールを大ジョッキでぐいぐいと飲みながらしきりと首をかしげた。日曜のせいか、客の姿はまばらであり、低い声で話せば、奥のボックス席にいる二人の会話が他人に聞かれる心配は少なかった。

「ホームレスかなんかから戸籍を買ったと考えるのが普通なんだろうが、年齢が年齢だからなあ。それに、そいつはなんだかんだで甘ちゃんじゃねえか。親戚のおばちゃんに健康保険証を送ってくれと泣きつくぐらいだ。ホームレスにまで落ちぶれたら、田舎に帰るんじゃないか？」

「私もそう思います」

奈月はビールの小ジョッキを傾けた。平沢に飲めと言われ、断り切れなかったのだ。

平沢は好物のボンジリの追加を頼むと、目を細めた。重要なことを言い出す前の彼の癖だったので、思わず背筋が伸びる。

「その美里町のやつのことが少し心配だな」

「事件、ということも視野に入れたほうがいいかもしれませんね」

「ああ。今日で二日目ってことだよな。有名病院の先生がいなくなっただけでもちょっとしたスキャンダルなのに、その前歴が謎に包まれているとあっちゃ、気になるよな」

奈月は大皿に一本だけ残っていたしいたけの串を平沢に取られる前に自分の皿に移し

た。

「私、大阪に行ってこようと思います」

「そうだな。俺でもそうするわ。金はクライアントからもらえるんだろ?」

「実費程度、ですけど」

平沢が大げさに身体をのけぞらせた。

「おいおい、それ、ホントかよ? ただ働きみたいなものじゃないか」

「まあ、そうかもしれませんね」

「要するに暇にしてるんだ。だったら、この前、俺が言ったこと……。つまり、探偵事務所への就職の件だが」

「それは、まだいいです。今回は知人に頼まれたから動いているだけで」

「でもやっぱり、もったいないよ。お前が特別優秀だとは思わないけれど、妙に引きが強いところがあるから」

「引きが強い?」

「ああ。自分ではコツコツやってるから実績を上げられたと思ってるんだろうが、お前程度の努力をしているヤツなんていくらでもいる。引きが強いとしか思えない。それに暇だろ。そして、今後の予定も何もない」

予定はある。あるつもりだけれど、さっき譲に電話をして、少し自信がなくなった。娘とディズニーランドに行っている。それはいい。でも、電話に出てくれなかった。とっくに家路についていていい時間なのに。

誰かにこの不安を打ち明けたかった。でも、目の前で大ジョッキを振り回しているこの男に話したって、何も理解されないどころか、不倫なんてけしからんと説教されるに決まっている。

「だいたい、お前は先のことをじっくり考えないところがあるからな。あと、他人に利用されやすい。お人よしすぎるんだよ。刑事のくせに。いや、刑事だったくせに」

「まあ、おいおい考えます」

そう言うと、平沢は不満げに鼻を鳴らしたのだった。

いずれにしても、もし本当に入れ替わったのなら二人の間には何らかの接点、あるいは仲介者がいるはずだった。美里町の佐藤の側から手繰っていき、接点、あるいは仲介者にたどり着けたらと思う。

そして、接点、あるいは仲介者は大阪に存在する可能性があった。

美里町の佐藤が家出をしたのは、十五歳のとき。そして彼が十七か十八ぐらいのときに、美里町の身内に連絡を取ったから、少なくともその時点までは、入れ替わりは起きていない。

一方、北原総合病院の大下に頼んで、「佐藤基樹」が北原総合病院に就職した際の履歴書を確認してもらったところ、大学に入学する前の学歴は高校ではなく、大学入学資格検定合格、となっていた。

通称「大検」。現在は高等学校卒業程度認定試験と呼ばれるもので、高校を卒業していない人が、高卒程度の学力があると認定を受けるための試験だ。それ以前の学歴の記載はなかった。

「佐藤基樹」の大学入学は二十四歳のとき。大検受験をその前の年と考えると、二十三歳までに、おそらく入れ替わったのだろう。

十七、十八から二十三歳までの約五年の間に、二人は大阪で接点があったのではないか。

もちろん、美里町の佐藤が、大阪から別の場所に流れて行った可能性はあるけれど、いずれにしても、阿倍野を調査の起点にするのがよさそうだった。

午後三時半という中途半端な時間のせいか、地下鉄の車内は空いていた。向かいの席に子ども連れが座っていた。タイガースの帽子をかぶったその子は、呆《あき》れるほど見事な大阪弁をしゃべっていた。この街で生まれ、今も住んでいるなら当たり前のことなのだが、なんとなく違和感があった。

いや、違和感は奈月のほうにあるのかもしれない。ジャケットにコットンパンツというごく普通の格好をしている。それでも、同年代の他の女たちから、どことなく浮いているような気がするのはなぜだろう。

地下鉄は耳慣れない駅に停車しながら南に進んだ。大阪には、「町」のつく駅、地名が多いようだ。南森町《みなみもりまち》、谷町、上本町《うえほんまち》。いずれも、初めて聞く名前の町で、どことなく古めかしい響きがある。

そういえば、谷町というのは、相撲の「タニマチ」が多く住んでいた地域だったとか。地上に出て街の姿を見られないのが少し残念だった。

二十分ほどで阿倍野駅だった。

ごちゃついた通路を抜けて地上に出ると、真っ先に目に入ったのが路面電車だった。ポリバケツのような青色の車体は、どこか古めかしく懐かしいかんじがする。

大通り沿いには、商店が並び、その上をアーケードが覆《おお》っている。電線が頭上でごちゃついていてうるさいかんじは、二十年ほど前の東京を思わせた。

自宅でプリントアウトしてきた地図を頼りに、南へ向かう。

あべの筋、というのが、今歩いている通りの名前だ。交差点をいくつか通り越したところで、西に入り、細い路地をしばらく進めば、美里町の佐藤が住んでいたアパートはあるはずだった。

百円ショップ、コンビニエンスストア、ファストフード店。通り沿いには見なれた看板が並んでいた。それでも、街全体を覆う空気が違っていた。どこかのんびりとしている。

東京でも下町のほうへ行けば、今でもこんな空気なのかもしれないが、下町を管轄《かんかつ》する署にいたことはなく、プライベートでも縁がなかった。

間違えないように角を数えながら進み、路地に入る。いくつかの小さな店を通り過ぎると住宅街だった。

細い道の両側にぎっしりと家が並んでいる。新しい家もあれば古い家もあるが、さほど大きくないものが多かった。

大通りから少し入っただけなのに、意外なほど静かだった。テレビや洗濯機などの生活音が多少は漏れてくるが、自分の足音が響いてしまいそうで落ち着かなさを覚える。路地でも電線が目立った。普通より低めに垂れ下がっているわけでもないのだろうが、目につくいてしょうがないのは、路地が、車一台がようやく通れるぐらいの幅しかないせいかもしれない。

地図を頼りに進んでいくと、前方にアパートらしいベージュの二階建てが見えてきた。

手に持った地図を握りしめた。

美里町の佐藤がそのアパートに住んでいたと確認されているのは、二十年ほども前のことである。連絡を絶った親戚に健康保険証を送ってくれと頼むぐらいだから、彼の懐《ふところ》が暖かかったはずはなかった。住んでいたのはおそらく古い物件であり、取り壊されていても不思議はないと思っていたのだが、そのアパートは確かにそこにあった。

建物にかなりガタがきているようで、外階段は塗りがほとんどはげていた。それでも住人はいるようで、アパートの入口にある集合ポストのいくつかには、夕刊が差さっていた。

さて、どうするか。

たぶん、個人経営の物件だから、大家に話を聞くのがよいだろう。

そう思ってポストのあたりを念入りに調べてみたが、大家の連絡先らしきものは張り出されていなかった。

ならば、住人に聞いてみるまでだった。

入口に一番近いドアをノックする。扉は木製で、びっくりするぐらい乾いた音がした。勤め人が帰宅するような時間でもないので、留守でも落胆はしなかった。次の部屋に行こうとしたとき、ドアの向こう側で足音がした。

「どなた?」

男の声がする。

「昔、このアパートに住んでいた人を捜しています。お話を伺《うかが》えませんでしょうか」

「俺は先月越してきたばかりや」

痰《たん》がからまったような声で、男がうるさげに言う。

「では、大家さんはどちらにいるかご存じありませんか? 連絡を取りたいんです」

「知るか、そんなもん!」

男が怒鳴った。

ろれつが回っていない。まだ夕刻に入ったばかりの時間帯だが、酒を飲んでいるのかもしれない。余計な面倒は避けたかったので、次の部屋に移ることにする。

隣室は返事がなかった。ドアの脇にある小さな窓から明かりがもれているから、居留守かもしれない。さっきの男とのやりとりは、たぶん筒抜けだったろうから、居留守を使われてもしょうがなかった。

一階の四室はすべて空振り。二階も同じだった。やけに足音が響く鉄階段を降りると、ポストの前で逡巡《しゅんじゅん》した。

気が進まないが、さっきの酔っ払いに、もう一度当たってみるか。

そう思ってドアに向かって歩き出したとき、背後から声をかけられた。

「あんた、何の用?」

小柄な老婆が、買い物用のキャリーバッグを引っ張りながら近付いてきた。柄は派手だが色がすっかりあせているため、一見地味に見えるブラウスを着ている。口紅だけが、やたらとどぎついピンクで、見てはいけないと思うのだが、つい見つめてしまうような風貌《ふうぼう》だった。

このアパートに昔住んでいた人物を捜しているのだ。

奈月がそう言うと、老婆は目を細めた。

「あんた、警察？　だったら話すことないで。警察は大嫌いや」

「いえ。友人に頼まれて人捜しをしているんです。東京から来ました。友人の元恋人なんですが……」

老婆が驚いたように、目を見開く。

「へええ。東京からわざわざ人を捜しにねえ。それも友達のために。奇特な人もおるんやね。まあ、そういうことなら、話してもええわ。知ってることならな」

老婆は、意外なほど赤い舌を出して唇を舐めた。

「ありがとうございます。奥さんは、何年前からここに住んでいらっしゃるんですか？」

「ウチ、奥さんとちゃうでえ」

おばあさんと言うのも失礼かと思ってそう呼んだのだが、まずかったのだろうか。

「すみません、では……」

「お姉さんや」

老婆は真顔でそう言うと、自分が越してきたのは十年ほど前だと言った。

「こんなボロアパート、住みたくないわ。でも、病気をしてしもうてなあ。肝臓があかんのよ」

女は身の上話を続けたそうだったが、それを遮る。

「私が捜している人は、二十年ぐらい前にこのアパートに住んでいたんです。お姉さんとは入れ違いになっている可能性がありそうですね。一応、念のために聞きますけど、二〇四号室にいた佐藤基樹、という男性をご存じありませんか？　今年三十八歳になります」

「二〇四といえば、ウチが越して来たときには、おばあさんが入っていたわ。たまに世間話をしにウチにも来てはったわ。でも、去年、亡くなってしもうてねえ。それがあんた、孤独死とかいうやつでなあ。ぞっとしたわ。自分もそないなことになったらと思うと……」

軽くうなずきながら、老婆の話を遮る。

「それはお気の毒でしたね。そうなると、そのおばあさんの前、あるいは前の前の二〇四号室の住人のことを知っているとしたら、大家さんぐらいでしょうかね。あるいは、不動産屋か。どちらかの連絡先を教えていただけませんか？」

「不動産屋は、あべの筋の明和《めいわ》不動産やね。ケンタッキーフライドチキンの近くだから、すぐ分かると思うわ。でも、あそこは確か何年か前に地元の大きな不動産会社に事業譲《じょう》渡《と》っちゅうんかね、それをやったところだから、古いことは知らんと思うで。あと、大家はあかん。ずっと東京や。このアパートのことは、不動産屋にまかせっきりで、何一つ知らんはずや」

そうであれば、不動産屋や大家から佐藤の話を聞くのは難しいだろう。

「ありがとうございます。ところで、上に住んでいる人で、今、おうちにいそうな人は……」

「二〇三以外は空室や。二〇三には人が住んでるけど、たぶん学生さんやな。まだ二十歳ちょっとに見えるで」

それならば、二十年前のことである。佐藤基樹の足跡《そくせき》がすぐに見つかるとは思っていなかった。この物件を扱っている不動産会社が分かっただけでも、収穫と考えたほうがいい。いや、でも、当時の会社は買収されたと言っていたから、結局何も分からないということなのだろうか。ともかく、不動産屋に行ってみることだ。

なにせ二十年前のことなど知るはずがない。

もう一度お礼を言おうとしたが、その前に老婆が尋ねた。

「その佐藤なんちゃらいう男は、借金こさえて逃げ回ってるのか？　つまり、あんたの友達はその男に金を貸していた、と」

「いえ、そういうわけでも……」

「ふうん。てっきりそうかと思ったわ。でも、まあ、ここに住んでいたのは二十年前ということやし、違うか」

最後は独り言のようだった。

「どういう意味ですか？」

「いやな、さっき買い物に出る前になあ、このへんで見かけたことのない男がアパートの前に立っててん。借金取りが、誰かの帰りを待ってるのかなあと思ったもんやから」

まさかとは思いながら、バッグの中から写真を引っぱり出して老婆に渡す。

「もしかして、この男でしょうか」

老婆は写真を受け取ると、それを顔から遠ざけるようにして見た。

「ウチ、目が悪いんよ。その男、ウチが部屋から出たらすぐに、歩きだしてしまったしな。よう分からん」

「男の背格好はどうでしたか?」

「背は高くもなく低くもなく、太ってても痩せてもいなかったな。といっても、頼りにならんよ。ちらっと見ただけやから」

老婆はそう言うと、写真を奈月に返した。

写真をしまいながら、老婆が見た男が遼子の元恋人というのは、さすがに偶然が重なりすぎると思った。美里町の佐藤基樹と彼との接点を求めて大阪に来た。でも、彼自身が、ここに来る理由なんてない。

だが、そこまで考えたところで、はっとした。

遼子の元恋人も大阪に住んだことがあったのならば知り合いの一人や二人、いるかもしれない。知り合いを頼って大阪に来たということも考えられる。

そして、遼子の依頼は、彼の過去を洗い出すことではなく、彼を見つけ出すことだった。ここで見つけることができれば、願ったりかなったりだ。

でも、よりによってこのアパートに来るなんて。

さすがにそれはないだろう。まず、二人の接点を探す、すなわち、美里町の佐藤基樹を知る人物をこのあたりで捜すことだ。

「ところでお姉さん、今何時？」

腕時計を見て四時過ぎだと告げると、老婆は口元に手を当てた。

「あかん、テレビの時代劇が始まってしまうわ」

老婆は年格好からは信じられないような素早さで奈月を押しのけると、鍵を開けて部屋の中に入っていった。数秒後、大音量で時代劇のテーマソングの音が流れてきた。

思わず苦笑する。

風は心なしか冷たくなっているが、日はまだ傾いているというほどではない。

今夜は、このあたりに宿を取るつもりだった。調べてはいないが、天王寺あたりでビジネスホテルは簡単にみつかるだろう。美里町の佐藤基樹を知る人を捜す時間は、十分にあった。

二十歳前後のアパート住まいの独身男が、近所づきあいをするとは思えなかった。民家を一軒ずつ当たるよりも、そういう男が頻繁《ひんぱん》に通いそうな店、しかも、古くから続いていそうな店を捜したほうがいいかもしれない。

あべの筋の少し手前に店がいくつかあったことを思い出し、まずはそこから当たることにして歩きだす。

真っ先に目に入ったのはクリーニング店だった。可能性がないわけでもない、と思って入ってみたが、「そんな昔の客の名前は覚えていない」と呆れたように言われた。

次は文具屋。佐藤老人の話から、佐藤基樹が文具を頻繁に買い求めたとは思えなかったし、いちいち客が名前を名乗るとも思えないのでパスする。

その次が肉屋。これも望み薄。

あべの筋に出れば、ラーメン屋や定食屋があるが、それらの店は比較的新しそうだった。

やはり、そう簡単ではないようだ。でも、さっきの老婆の話が気になる。あんなアパートをしげしげ眺める理由なんて、そうそうあるものではないはずだ。

そのとき、右前方に喫茶店が見えた。純喫茶スワン。ドアは黒っぽいすりガラスで、いかにも古めかしい店構えである。実際、相当年数営業しているようで、もとは透明であったはずのガラス戸は細かい傷のせいか、染みついた埃《ほこり》のせいか、白く曇っている。

喫茶店なら、若い男が入らないこともないだろう。モーニングセットもやっているようで、張り紙が出ている。確か、佐藤もコーヒーが好きだったはずだ。

奈月はドアを押して中に入った。カウベルが意外にも軽快な音を立てる。

L字型のカウンターの向こう側で、女が立ち上がった。

「いらっしゃいませ」

女はひどく陰気な声で言った。眉毛が下がっているせいか、どこか悲しげである。

奈月は女を素早く観察した。

年は六十前後といったところだろうか。彼女が店主ならば、二十年前もここにいたはずだ。

椅子やテーブルは古くはあったが、汚れてはいなかった。新聞や雑誌は木製のラックにまっすぐに差し込まれ、四角いガラスの灰皿は各テーブルの端にきっちりと揃《そろ》えて置いてある。

客の姿はなかった。あまり美味しくはなさそうだけれど、コーヒーでも飲むかと思い、カウンター席に腰を下ろし、ブレンドを頼む。

女はうなずくと、瓶からコーヒー豆を取り出し、電動ミルにかけた。そして、口の細いポットでお湯を沸《わ》かし始める。

「お姉さんは、このお店で長いんですか?」

さっきの教訓を生かし、そう声をかけると、女の頬が動いた。笑ったようだ。

「お客さん、私は孫もいるんですよ」

「本当ですか？　そうは見えませんね」

女はドリップ用のフィルターをセットしながら、この店は三十年前からやっているのだと言った。

話を続けたかったが、女があまりにもてきぱきと作業をするので、なんとなく言葉をかけづらい。コーヒー豆をフィルターに入れると、左手を腰に当て、右手でポットを高く掲げた。注ぎ口から糸とまでは言わないが、麻紐《あさひも》ほどに細いお湯が流れ出し、香ばしい香りがあたりに漂う。職人の技と呼ぶのにふさわしい動きで、思わず見とれてしまう。

「お待ちどおさま」

女は丁寧な手つきで、カップをカウンターに置いた。

一口それを飲んで、奈月は思わずうなずいた。豆の種類を言えるほどのコーヒー好きではないけれど、酸味と苦みのバランスが絶妙だということは分かる。熱すぎることもなく、ぬるくもない。豆の良さと女の技が組み合わさり、この味になるのだろう。

店構えが古びているから、たいしたものは飲めないだろうなんて思いこんでいて、申し訳なかった。

「美味しいです」

素直に言うと、女は肩をすくめた。目元がほころんでいる。悪い人ではないのだろう。

話を続けることにする。

「実は二十年ぐらい前に、この近所に住んでいた人を捜していまして」

「二十年前、ですか。それはまたえらい昔のことですね」

「ええ。当時、その人は十代後半。今では三十八歳のはずです。もしかしたらこのお店に通っていたかもしれないと思って」

「その方のお名前は？」

「佐藤。佐藤基樹さん、です」

女は考え込むように目を閉じた。しばらくそうしていたかと思うと、首を横に振った。

「佐藤さんは何人か知っているけれど、下の名前までは分からないわ。どんな仕事をしていた人かしら？　あるいは、何か特徴は分かります？」

「仕事は分かりません。顔立ちは……」

佐藤老人の言葉を思い出す。

「目がつり上がっていて、唇が分厚くて」

女は即座に首を横に振った。

「じゃあ、私が思っている佐藤さんとは違うわね。でもまあ、名前を知らないお客さんもたくさんいるから。私、こう見えても記憶力はいいほうなんですよ。写真でもあれば、分かるかもしれないけど……」

そのとき、さっきの老婆の話を思い出した。まさかそんなことはないだろうと思いつつも、念のためにバッグから遼子の元恋人の写真を取り出した。

「では、この人はどうですか？」

女は写真を受け取ると、カウンターの下から眼鏡ケースを取り出した。老眼鏡のようだ。それをかけると、女は写真に見入った。

奈月はコーヒーをもう一口飲んだ。やはり、美味しい。でも、味わっている余裕はなかった。女の目付きがあまりにも真剣だったからだ。

胸が高鳴り始めた。これは、アタリかもしれない。

「思い出したわ！」

思いがけないほど大きな声で女が言った。その拍子にコーヒーが気道に入ってしまった。むせながら紙ナプキンで口元を押さえ、奈月は女の次の言葉を待った。

「田中《たなか》さんやね、これは」

「田中？」

「間違いないわ。このほくろ」

女はそう言って、写真の右目の下あたりを指差した。

そこまで言うなら、まず間違いない。予想以上の幸運に恵まれたことに胸が弾んだ。こういうときは、ノッている。でも焦《あせ》りは禁物だった。獲物を求めて草原をさまよっていたら、遠方に微かにその姿を捉えただけにすぎない。知らず知らずのうちにカウンターに身を乗り出していた。落ち着いて考えよう。

この街で佐藤と田中は入れ替わった。その後、佐藤がどうなったのかは分からないが田中は佐藤となり、大検に合格し、医学部に入学し、医者となった。どんな事情があったのだろう。そして、どうやって入れ替わったのだろうか。どういう事情であれ、これはもはや事件だ。

遼子には申し訳ないような気もするけれど、田中という男に対する個人的な好奇心が膨れ上がってくる。

「下の名前は分かりますか?」

「さあ、そこまではね」

「では、どういうお客さんだったんでしょう? 覚えていることを何でもいいから教えてください」

女は写真に目を落としたまま、記憶を手繰るように言った。

「近所の人やねえ。よくモーニングを食べにきていたから。勤め先は……。たぶん、このあたりのパチンコ屋やと思う」

パチンコ屋。

意外な職場が女の口から出て来たことに戸惑った。佐藤、いや、田中は医者だ。それなのに、パチンコ屋の店員というのは、アルバイトにしてもどうもしっくりこない。

上司の大下は、彼は賭けごとをやらないと言っていたから、趣味が高じて仕事にしたというわけでもないだろう。

「本人がそう言ってたんですか?」

奈月が尋ねると、女は首を横に振った。

「本人は煙草を吸わないのに、髪や服に煙草の臭いが染みついていたのよ。それなのに、と言っては失礼なんだけど、いつも熱心に新聞を読んでいたから印象に残ってるのよ。コツコツ働いてお金を貯《た》めて、いつか自分で商売でもやるつもりなのかなって思ったから聞いてみたら、やっぱりそうだった。そうしたいけれど、お金がなかなか貯まらないって。暗い印象だったけど、根は真面目なかんじがしたわね」

女は続けた。

「だんだん思い出してきたわ。うちの店、モーニングのことをモオニングとメニューに書いているのね。表にもメニューが張り出してあったでしょう。早くに亡くなった私の連れ合いが、そういうふうに書いていたから、それをずっと続けているの。それを、モーニングって書き直したほうがいいって言われたことがあるわ」

女が語る田中という男は、これまで他の人たちに聞いてきた男と、印象がかぶるようでかぶらない。でも、他人の空似である可能性よりは、田中が遼子の元恋人である可能性のほうが高いように思える。

「田中さんは、二人連れで来たことはないですか？」

「それはないわね。いつでも一人だった」

女の喉仏《のどぼとけ》が動いた。老眼鏡をはずしながら首をかしげる。

「でも、よく分からない話ね。あなたが捜していたのは佐藤さんって人だったわよね。でも、田中さんの写真を持っているのはなぜ？」

少し迷ったが打ち明けることにした。

「佐藤基樹というのは、東京でその写真の人物が使っていた名前です」

「偽名、ということ？」

「そういうことになりますね。東京では医者をやっていました。心臓外科だそうです」

女はせわしなく目を瞬いた。

「お医者さん。それはまた……」

奈月は、女の表情の変化を注意深く見守った。

「でも、考えてみると、そんなこともあるかもしれないわね。田中さんって、育ちがよさそうな人だなあという印象はあったし、頭も良さそうだった。パチンコ屋に勤めるのが悪いってことではないわよ。一生懸命働いている人を何人も知ってるわ。でも、本人の雰囲気に合ってないなあ、何か事情があって、お金に困っているのかしら、なんて思ったことがあるのよ。このあたりは身元をあまり詮索しない店も多いし」

女はそう言いながら、写真をカウンターに置いた。奈月はそれをバッグにしまった。

「もう一つ聞いていいかしら。なぜ、田中さんを捜しているの？　私、ついしゃべってしまったけれど、田中さんにとって、迷惑なことだったら……」

「それは大丈夫だと思います。それに、彼が戻ってくれないと困る人がいるんです」

「そう。だったらいいけど」

「そういえば、田中さんが勤めていたパチンコ屋は、この近くだっておっしゃっていましたよね。そう思った理由はなんですか？」

女は、肩をすくめた。

「今日は早番だから時間がないって言って、モーニングセットではなく、コーヒーだけにすることがたまにあったの。そういうときも九時半近かったから、ああ、このあたりのお店に勤めているんだなあって」

なるほど。それはそうかもしれない。

こういう店の主の観察力には、舌を巻くことが多いのだけれど、彼女は格別鋭い。いい人に会えて幸運だったと思いながら、財布を出し、千円札を渡す。女がレジでお釣りを出している間に、手帳を出すと、自分の名前と携帯の番号をメモしてそのページをちぎり、カウンターに置いた。

「もし、田中さんがこの店に来たら、私に連絡してもらえませんか？」

「そこまではちょっと……。でも、あなたが連絡をほしがっていると田中さんに伝えて、その紙を渡すことはできます」

「分かりました。じゃあ、それでお願いします」

いったんバッグにしまったペンを再び取り出し、自分の名前の後に、増田遼子代理人と書きつけた。

女はお釣りを奈月に渡すと紙を手に取った。奈月にいぶかしげな視線を向ける。増田遼子がどういう人間なのか知りたがっているようだ。

そのことを説明し始めると長くなりそうだったので、視線に気がつかないふりをして席を立つ。女も、自分から質問する気はないようだった。

「ごちそうさまでした」

奈月がそう言うと、かすかにうなずいた。

そのマンションは、天王寺からタクシーで十五分ほど北に走ったところにあった。大通りに面しており、タクシーを降りるとすぐにエントランスだった。

棚田には、そのあたりの土地鑑があまりなかったが、途中、近鉄《きんてつ》百貨店が窓の外に見えたことから、上本町の近辺だと見当がついた。昔も弓枝はこのあたりに住んでいた。実家はもうないが、幼少期を過ごした町なのだという。

タクシーで乗りつけたマンションは、新しくもなく、古くもない平凡なものだったが、エントランスは埃ひとつないほど綺麗に掃き清められており、ずらりと並んだ郵便受けのすべてに名前が張り出されていた。オーナーはおそらく会社ではなく個人。そして、このマンションの最上階あたりに住んでいるのだろう。もしかすると、その人物は弓枝の知り合いかもしれない。

エレベーターに乗り込む前に、通りのほうをうかがったが、つけてくる人物はいなかった。

二人で四階まで昇ると、弓枝は一番手前の部屋のドアに鍵を差し込んだ。

「汚い部屋やけど」

そう言いながら、先に立って玄関を入り、電気をつけた。

やけに白っぽかった。玄関からまっすぐ奥に向かって廊下が延びているのだが、壁が白いのは当然として、フローリングの色が薄い。下駄箱や廊下に面したドアも白くて、なんだか落ち着かない。

廊下の突き当たりにあるリビングルームに入ると、棚田は苦笑した。

赤いソファが目に飛び込んできたからだった。昔、彼女が使っていたものより、サイズはかなり大きいようだ。でも、ソファは赤に限るという方針は継続しているようだ。ソファには脱ぎ散らかした衣類が散らばっていた。二人用の真四角のダイニングテーブルにも、家を出る前に食べたらしいカップ麺の残骸《ざんがい》が残っていた。スープすら捨てていないところが、弓枝らしい。

当時、弓枝はデリヘルで働いていた。愛嬌のある顔立ちと、ボリュームのある体つきで、それなりに人気を博していたようで、ともかく羽振りがよかった。棚田が勤め始めたホストクラブの上得意の一人だった。

ただ、それがから元気に過ぎないことは、まだ見習いの身だった棚田にも分かった。風俗に勤めると、女はこんなふうに壊れていくのか、という見本のような存在で、陰でホストたちにも金ヅルと侮蔑されていた。

当時、店に入ったばかりで不慣れだった棚田は、弓枝の席に着いた際に、うっかり憐《あわ》れんでいるような表情をしてしまったらしい。来店するたびに、指名され、執拗に絡まれるようになった。

はじめはうんざりしていたが、次第に、彼女は他人に甘えたいだけなのだと分かってきた。他の客は、人気ホストを巡ってつばぜり合いを繰り広げたりしたが、弓枝はそういうことには無関心で、ひたすらホストに「大変ですね」と言ってほしいだけなのだ。話を聞いてくれるホストならば誰でもよかったのだろう。

愚痴を聞く相手ならば、棚田にも務まった。でも、結局はそれで終わるはずもなく、なんとなく肉体関係を求められ、なんとなく彼女の部屋に居着いてしまったのだった。

あらかじめ計算したうえでのことではなかった。だが、結果的に医学部を受験するという計画を一、二年前倒しできたのは、弓枝のおかげだった。

棚田のホストとしての月収は、四十万円を切るぐらいだったが、弓枝はその五倍は稼いでいた。また、愚痴を聞かせていて悪いからといって、部屋にタダで住まわせてくれたばかりでなく、月に二十万の小遣いをくれた。女遊びはしないこと、と約束させられたが用途は特に聞かれなかったので、棚田はそれを全部、来るべき日のために貯金した。

そんなヒモのような生活を一年半続けたところ、四百万近い金を貯めることができたのだった。

それにしても、弓枝はずいぶん質素になったものだと部屋を見回しながら思う。

当時、住んでいたのは、この部屋の二倍はありそうな大きな部屋で、キッチンには、ろくに使いもしないのに、最新式の電化設備が入っていた。この部屋も安くはないだろうが、ガスコンロが持ちこみ式だったり、冷蔵庫に店のシフト表らしきものがマグネットで張ってあるところが、庶民的で生活感にあふれていた。

そして、今も昔も衣類が部屋に散乱しているところは変わらない。

人は良い。でも、どうしようもなくだらしないところが弓枝にはあった。コンビニのオーナーになったからといって、そういう人としての根本的な部分は変わらないらしい。

さすがに気まずそうにテーブルを片づけながら、弓枝は棚田に向かってソファに座るようにと言った。衣類を端に寄せ、人一人が座れるスペースを作ると、言われた通りにする。

しばらくすると、缶ビールを手渡され、飲んでいるようにと言われた。弓枝は電話をかけ、寿司の宅配を頼むと、部屋に散らばっている衣類や雑誌を片づけ始めた。といっても、物を拾って、リビングルームと扉二枚で隔てられている隣室に放り込んでいくだけだが。

ビールを口にする気にはなれなかったが、手持無沙汰《てもちぶさた》だったので、プルタブを引く。一口飲んでみたところ、強烈な安堵が胸に広がった。

この数日の間、忘れかけていた日常の味がした。酒、あるいはビールが好きというわけでもないのに、やけに美味しく感じられる。

弓枝は棚田の隣に座り、煙草を吸いながら缶ビールを一本空けると、勢いよく腰を上げた。

「後でシャワー、使うやろ? わたし、お風呂を掃除してくるわ。お寿司が来るまで、もうしばらく時間あるしな。ビールは冷蔵庫にたくさんあるから、適当に飲んでて」

弓枝はそう言うと、廊下に消えた。

それから寿司が届くまでに、ビールを三本空にした。酔ってしまいたいわけではないのに、今、自分が置かれている異常な状況を考えると、ついつい缶に手が伸びてしまうのだ。

それでも、考えてみると最悪の事態は回避できた、そう言えた。下山が追って来たということは、彼は死んでもいなければ、重症でもなかったということにほかならなかった。人を殺してしまったのではないか、という心配は、今後しなくてすむ。

だが、それで問題が解決するわけではなかった。今後も、下山は自分を追いかけてくるだろう。

警察の目を気にせずに金を引き出せる。携帯も場合によっては購入してもいい。その点は楽になったが、他は何も変わっていない。

頭を抱えたくなった。

このまま逃げ続けることはできるのだろうか。逃げることに意味があるのだろうか。放り出してきた仕事のことも気になる。

今日は……。

確か、手術の予定が入っていたはずだった。大下の助手をすることになっていた。患者は四十二歳の会社員だった。肥満など生活習慣に起因する狭心症《きょうしんしょう》でバイパス手術を予定していた。

彼は妻子が病室にいるときにはいつも明るく振舞っていたが、棚田と二人きりになったときに涙をこぼした。結婚が遅かったので、娘がまだ六歳なのだという。

「せめて、娘が高校を卒業するまでは生きたい。無事、手術がすんだら、酒も煙草もやめるし、運動もするから、どうか助けてほしい」

そう言って、手を握られた。同年輩の男だったからだろうか。いつもはそんなことはないのに、胸にぐっとくるものがあった。

手術に百パーセントの安全はない。「絶対に」という言葉は意識的に使わないようにしてきたが、絶対に一つのミスもするまいと思った。

それなのに、女のマンションでビールを飲んでいる自分が、情けなくてたまらない。あんな思いをして実現した夢。挫折を乗り越えて手に入れた職。あの手術台の前が、自分の本来の居場所なのだ。今すぐにでも戻りたい。

でも、そうしようと思うと身体がすくむ。

黒沢竜次。あの男に捕まったら、自分はお終いだ。医者なんて続けられるはずがない。それどころか、命が危ない。

自分自身には黒沢に恨まれる理由はないはずだった。すべては親父が悪いのだ。親父の不始末を息子が尻拭《しりぬぐ》いしなければならない理由なんてないはずだ。

だが、黒沢はそういう理屈の通用する相手ではなかった。地元で黒沢一家と名乗り、表向きには土建屋をやっているが、その裏で違法な賭場を開き、しょっちゅう暴力沙汰を引き起こしている。三十人ほどの構成員を引き連れ、警察とも裏でつながっているようなろくでもない男だ。話せば分かるというのは、相手がまともな人間だったらのことで、頭がおかしいとしか思えない人間に恨まれたら、逃げるほかない。

それに、棚田は子どもの頃から勉強はできるが、腕っ節はさっぱりだった。クラス全体から無視されるような陰湿ないじめに遭ったことはないが、ワルと呼ばれるような連中から面白半分に殴られることが時々あった。そういう時にも母は言った。

「とにかく逃げること。下手に逆らっては駄目よ。もっとひどい目に遭うから」

棚田は、存命中も、亡くなった後も、母の教えを忠実に守った。

それが毎度、成功するはずもなく、一度、黒沢には痛い目に遭わされている。高校生だった頃、予備校から帰る途中で、彼や彼の仲間が駐車場に停まっているバイクを盗み出そうとしているところに出くわしてしまった。もちろん、見て見ぬふりをした。誰にも何も言わなかった。

だが、後日、彼の仲間がバイクの窃盗《せっとう》で警察に捕まったとき、黒沢の怒りは棚田に向けられた。

雪が舞い落ちてきそうな寒い日曜日の夜だった。棚田は家路を急いでいた。顔や手は凍りそうだったが、胸の中はぽかぽかとしていた。

その日、福岡までガールフレンドと一緒に映画を観に行ったのだ。映画はフランスで製作された古い文芸作品で、棚田には何が面白いのかさっぱり分からなかったのだが、彼女が嬉しそうだったので、とても満足して帰って来た。

彼女の両親が厳しいので、レストランで夕食をという計画は達成できなかったけれど、その楽しみはクリスマスまで取っておくと思えば、全く残念ではなかった。

寒さでうつむきがちだったせいだろうか。それとも、彼女のことを考えていたせいか。前方に、バンパーを改造した派手な色の車が停まっていることに気がついたときには、すでに車のドアが開いていた。

中から出て来たのは四人の大きな男たち。同学年とはとても思えないような体格で、その中でもひときわたくましいのが、黒沢だった。つるつるにそり上げた頭がまがまがしく、手に持った金属バットは不気味な光沢を放っていた。

逃げなければと思った。だが、足がすくんだ。

「ちょっと用があるから乗れよ」

にやにやと笑いながら黒沢が言った。

首を横に振ったが、すぐに取り巻きの三人が棚田の周りを囲んだ。そのうちの一人が今思えば下山だった。一瞬、抵抗することも考えた。窮鼠《きゅうそ》猫を嚙《か》む、ということもあってよいのではないかと。しかし、あまりの恐怖に身体がすくんだ。三人に押されるような形で車の後部座席に押し込められ、連れて行かれたのは倉庫のようなところだった。

その建物に入ってから、黒沢は無言だった。

風がひゅっと鳴ったかと思うと、尻に激痛が走り、棚田はその場に膝をついた。すかさず、次の一撃が襲ってきた。今度は右肩だった。呻《うめ》きながら身体を丸める。亀のようになるんだ。そして、嵐が過ぎるのを待つ。

三発目を脇腹に食らったときも、目をつぶり、歯を食いしばって耐えた。どうせ、あと一年半ほどの辛抱だ。そうしたら、福岡の大学に行ける。この町とも、このクズな連中ともおさらばだ。それを思えばこれぐらいのこと……。

だが、四発目に備えて身体を硬くしたとき、下山が叫んだ。

「おい、頭はやめろよ」

思わず目を開けた。

黒沢とまともに目があった。蛇のような嫌な光を放つ目は、何か楽しいことをしているように光っていた。

「死んだって構うもんか、こんなやつ。どこかに埋めればいい」

黒沢はそう言うと、バットを振りかぶった。それが、自分の頭部をまっすぐ狙っていると悟り、棚田は必死で床を転がった。

ガンッ！

耳元で鈍い音がして、全身の血が凍った。

バットが床を叩いていた。

次の瞬間、黒沢はバットを放り投げていた。

「ウォッ、痛てえ」

「だから、言ったこっちゃない。バットはやめとけ。こんなやつはこれで十分だ」

取り巻きの一人がそう言うなり、棚田の頭を靴で踏みつけた。

「ハハッ、顔が歪んでやがる」

それからは、四人のやりたい放題だった。どれだけの涙とどれだけの汗、そして血を流したのだろう。

いつの間にか意識を失っていたようで、気がついたときには、四人組の姿はなかった。体はすっかり冷え切っていた。夜になり、気温がぐんぐん下がっていた。動かなければ凍死することは確実だった。

幸い、建物に鍵はかけられていなかった。そこから半ば這いながら、棚田は実家に戻ったのだった。そのころは、アパートを借りて住んでいたが、一人では死ぬし、こんなところを彼女に見せたくもなかったので、父にすがった。

なんとか殺されずにすんだものの、警察に届けたら今度こそ殺されると思い、父に頼みこんで事情を何もきかずに治療をしてくれる医者を紹介してもらった。父を頼ったのは、あれが最初で最後だった。男のくせに情けない、と言われて腹が立ったが、死ぬよりは馬鹿にされるほうがまだましだった。

ともかく、黒沢は絶対に避けなければならない。

事件にでも巻き込まれて死んでくれたらいいのに。そう思って、十年ほど前までは新聞、それ以降はネットで、地元に関係するニュースをチェックしてきた。何度か、黒沢や彼の会社である黒沢産業の名前は見かけたが、それは棚田にとって都合のよいものではなく、むしろ胃を痛ませるものだった。数年前には社員が殺人で逮捕されていて、全国ニュースにさえなった。ニュースを新聞で読み、精神的に参ってしまって三日ほど仕事を休んだ。それ以来、チェックはやめたが、脅威がなくなったわけではないことは重々承知していた。

四人前の寿司桶《おけ》と食器類をソファの前のテーブルに載せ、日本酒の瓶をシンクの下から取りだすと、ようやく弓枝は棚田の隣に腰を落ち着けた。

二枚の小皿に醤油を注ぐと、弓枝は言った。

「さっきの男は誰？」

答えたくなかったので、寿司に箸を伸ばす。

「なら、これだけは答えて。あんた、何か法に触れるようなことをやって、逃げているのと違うよね」

法に触れるようなこと……。

とても答えにくい質問だ。下山はぴんぴんしている。少なくとも、現在逃げている理由は、法や犯罪とは関係ないものだ。

棚田は首を横に振った。

「違う」

「じゃあ、借金があるとか？」

「いや、そうじゃない。悪いけど、話せない。話したくないんだ」

そう言うと、弓枝は大げさにため息をついた。

「じゃあ、これだけは教えて。今まで、どこで何をやってたの？　今さら、お金を返せとは言わない。でも、どうしていたのかは知りたい。ほら、モトキはよく言ってたでしょ？　俺にはやりたいことがあるんだって。だから、貯金をするんだって。それがどうなったのかなあって、ずっと気になってたんよ」

当時、弓枝の部屋に住まわせてもらい、小遣いも相当、もらっていた。自分の給料と、浮いた家賃、そして弓枝がくれた小遣いが、入学金と初年度の授業料になった。

弓枝がいなければ、金を貯めるまでに、あと二年はかかったかもしれない。水商売はつくづく棚田の肌に合わなかったから、途中で挫折していたかもしれない。

「すまなかった」

「謝ってほしいのと違う。事情を知りたいだけ」

事情を知りたい。その弓枝の言葉に、棚田の中の何かが反応した。

「医者になった」

思わず、本当のことを口にしていた。

「えっ、医者ってどういうこと？　お医者様のこと？」

弓枝が箸を手に持ったまま、素っ頓狂《すっとんきょう》な声を上げる。

「ああ。二十四のときに医学部に入って、六年後に卒業した。アルバイトしながらだったから、成績はそれほどよくなかったけど、なんとか国家試験にも受かった。それから、少し大学病院で働いた。その後はずっと民間の病院で勤務医だ」

「すごいねえ。ホストが一念発起して、医者になるなんて、新聞ネタかなんかになるんとちゃう？　それで、何のお医者様なの？」

「外科だ。心臓外科。手先はわりと器用なほうだから、向いていると思ったんだ」

そう口に出すと、今、自分が置かれている状況に対する苛立《いらだ》ちや情けなさが再びこみ上げてきた。それを紛らわすために寿司にどんどん手を伸ばす。日本酒も弓枝に注いでもらった。

弓枝は少女のように、手を頬にあてていた。

「嬉しいわあ。ほんまに嬉しい。わたし、あんたが医者になる手伝いをしてたっていうことになるね。わたしが、病気になったらぜひ、診てほしいわ」

彼女の弾むような声を聞いているうちに、胸が苦しくなってきた。

なぜ、そんなふうに喜べるんだ。俺はお前を裏切ったんだぞ。金だって持ち逃げした。デメリットしか与えなかったようなものだ。弓枝は当時、若い男と付きあうのが楽しかったのかもしれない。愚痴もずいぶん聞いてやった。それにしても棚田の借りのほうが圧倒的に大きい。

その場の空気に耐えられなくなり、棚田は頭を下げた。

「すまなかった。この通りだ。今さら遅いけど、金を返したい。連絡先を教えてくれないか。今、携帯がないから、紙に書いてほしい」

弓枝は、笑いながら手を振った。

「そんな堅苦しいことせんでも。さっきも言ったけど、謝らなくてもええよ。お金もなあ。昔のことやもん。時効やね」

「いや、そういうわけにもいかない」

弓枝はくすんと鼻を鳴らした。

「そうね。そのほうが気持ち楽になるなら、五十万だけ返してもらおうかな。あれは、あげるつもりなかったもんやから」

「いや、月々の小遣いも……」

「あれはいいの。これ以上、お金のこと言ったら、わたし怒るよ。それにしても、お医者さんなんてすごい」

弓枝はひとしきりそうやってはしゃいでいたが、ふと真顔になった。

「でも、どういうこと？　お医者様やったら、仕事があるんと違うの？　それに、逃げているなんて……」

棚田は魚介類で生臭くなった口に、日本酒を流し込んだ。グラスが空になったので、新たに自分で注ぐ。

「どうしても言わないつもりみたいやね。何があったか知らないけど、逃げてもええことなんかないと思うよ。自分が抱えてる問題と対決せんと」

人のよさを発揮して心配してくれているのは分かる。それでも、弓枝と会う前のことまで話す気にはなれなかった。

「まあ、ええわ。それより、今、家族はおらんの？　いたら、心配してると思うから、連絡しといたら？」

家族……。

忘れようとしていたことが、また一つ、脳裏によみがえってきた。胸が痛い。

いっそ、何もかも話してしまったほうが、楽になるのだろうか。

自分には、息子がいるようだ。その子は、肝臓移植手術を必要としている。自分がただ一人のドナー候補らしい。だけど、自分は昔、父が殺した男の息子に恨まれ、今も逃げている。佐藤という男と十七年前に入れ替わり、名前まで変えたのに、見つかってしまった。きっかけはおそらく来月福岡で開かれる学会。シンポジウムのチラシに写真が入っていた。あれからその子はどうなったのだろう。急を要する手術ではなかったはずだが、容態が変わっているということもあり得る。仕事にも戻りたい。だが、どんな目に遭わされるか分からないから逃げ続けるしかない。でも、疲れてきた。

言葉は喉元まで出かかったが、それを呑み込んで、棚田は首を横に振った。

「いや、一人だ。仕事で手いっぱいだから」

「ふうん。じゃあ、わたしと一緒やね。でも、ほんまに今日はびっくりした。偶然にしても出来過ぎやね。運命の神様って、いるのかもしれないねえ」

酔いで、とろんとした目元をほころばせながら弓枝が言う。

それを聞いたとき、棚田ははっとした。口に入れていたウニの軍艦《ぐんかん》巻きを慌てて飲み下す。

偶然にしても出来過ぎ。

確かにそうだった。弓枝と再会したのは偶然だ。でも、それ以上に、不可解な点があることに気がついた。

なぜ、下山が大阪、しかも阿倍野近辺を捜し回っていたのだ？

下山、あるいは黒沢が、東京にいる自分を見つけることは、不可能ではないだろうと思っていた。仕事上でもプライベートでも、人との付き合いはなるべく避けるようにしてきたが、山奥に暮らす世捨て人にでもならなければ、自分の存在を世間から完全に消しさることは難しい。実際、病院のホームページには写真が掲載されていた。名前が違っていても、面影が残っている以上、気づかれる恐れはあると思っていた。福岡でチラシなどバラまかれたわけで、その予想は当たってしまった。そこまではよいのだ。あの日、下山は病院の前で待ち伏せし、後をつけてきたのだろう。

だが、大阪に下山がいた理由は？

大阪、しかも阿倍野周辺にかつて自分がいたことを、下山が知っていたとしか思えなかった。

だとすると……。

棚田は目を閉じた。

彼女が危ない目に遭ってはいないだろうか。

「ねえ、どうしたの？　黙り込んじゃって。明日の朝の店番はバイトの子に替わってもらったから、今日はどんどん飲もうよ」

弓枝が、しなだれかかってきた。こんなに世話になっているのに、押し返す気にはなれなかったが、肩を抱く気にもなれない。

棚田は、静かに日本酒を舐め続けた。

4章　混　迷

朝、奈月は煙草の臭いで目覚めた。昨夜、何軒ものパチンコ店を回ったせいで、髪に煙が染みついてしまったらしい。

まだ眠かったが、臭いで吐き気を催しそうだったので、目をこすりながら起き出した。ベッドから浴室に直行し、熱い湯を浴びる。備え付けのリンスインシャンプーが安ものなのか、それとも髪が汚れすぎているのか。なかなか泡立たない。

たいしたことではないのにそれをひどく残念に思ってしまうのは、昨夜、成果がほとんどなかったせいだろう。

純喫茶スワンの後、そのあたりにある若い男が入りそうな店をじゅうたん爆撃のように回った。といっても、長くやっていそうな店は、乾物《かんぶつ》屋だったり、和菓子屋だったりで、ラーメン屋、牛丼屋などは、比較的新しいものが多く、十軒程度しかターゲットは見つからなかった。そして、それらの店には、佐藤基樹のことも、田中のことも知る人物はいなかった。

その後は深夜近くまで阿倍野、天王寺界隈《かいわい》のパチンコ店を歩き回った。

もし田中がこの街に本当に来ているのならば、当時の知り合いのところに身を潜めているはずだ。そうでなければ、ここに来る意味がない。

そういう思いは次第に強くなっていった。

彼とつながる人物を見つけ出せば、それがすなわち彼の居場所を突き止めることにつながる。

その後、パチンコ店を尋ね歩き、長く勤めていそうな従業員を片っ端から捕まえて、田中の写真を見せた。パチンコ店の従業員も入れ替わりが激しい。そのことは知っていたが、フロアマネージャーのような立場の人間でも、勤め始めて五年以上の者を見つけることができなかったのは残念だった。

バスタオルを身体に巻きつけ、ドライヤーを使いながら、今日の行動予定を考える。

昨夜、ホテルに入ってから、ちょっと閃《ひらめ》いたことがあった。

パチンコ店の店員は入れ替わるだろう。でも、客は引っ越さない限り、同じ店に通い続けるものなのではないだろうか。従業員ではなく、客に声をかけてみるべきだったのだ。

客同士の情報網というものは、案外、侮《あなど》れない。

あの煙の中に再び繰り出すのかと思うと気持ちが萎《な》えそうだが、これも仕事だ。

そのとき、携帯が鳴った。

部屋に戻って携帯をチェックすると、譲からだった。

一昨日、美里町から帰ってから、電話をしたが彼は出てくれなかった。娘とディズニーランドに行った後、食事でもしているのだろうと思った。

それが自然な流れだと思いつつも、いい気分はしなかった。その場には娘だけではなく妻もいるはずだから。

その日の深夜に電話が鳴ったが、奈月は出なかった。出たら、皮肉の一つや二つ言ってしまいそうな気がした。一人で大阪に行くことを反対されそうな気もした。勤務中に負傷してから譲は過剰と思えるほど心配するようになった。

それでも、居場所だけは知らせておこうと思い、昨夜、大阪に来ているとメールを入れておいた。寝入る前に電話が鳴ったが出る気になれず、そのままにしてしまったのだった。

怒っているかもしれない。でも、出たほうがいい。

「おはよう」

奈月はできるだけいつもの調子で言った。

「どうして事前に知らせてくれなかったんだ?」

案の定、譲の声には苛立ちが含まれていた。

「日曜に電話したわ。留守電になっていたけど。それから私もバタバタしてしまって

「……」

「出なかったのは悪かった。でも、いきなり大阪にいるってメールを寄越されたらびっくりするじゃないか。例の人捜しだろう？　危ないことをやっているんじゃないだろうね」

「危なくなんかないわ。成果はあまり上がっていないけど」

「それで、大阪のどこにいるの？」

「天王寺。南のほうよ」

「ガラの悪そうなところだな。一人で大丈夫かよ」

奈月は思わず笑ってしまった。

確かに東京と雰囲気は違うけれど、奈月は警察に勤めていたのだ。そのことをまさか忘れているわけでもないだろうに。何か起きたとしても、普通の男性、例えば譲本人より、うまく立ち回る自信があった。

奈月が笑ったことで、譲は気を悪くしたようだった。不機嫌さが回線を通して伝わってくる。

少し反省した。たぶん、そういうふうに男性に言われたら、普通の女の人は嬉しがるものなのだ。

料理ができない、家事が苦手といったことよりも、こういうところが自分は駄目なのかもしれない。

素直に謝るしかなかった。

「ごめんなさい。でも、本当に大丈夫だから。あと一日か二日で帰るつもりだから心配しないで。今晩も連絡を入れるようにする」

「ああ、そうしてくれ。それで……。こういうことは今後、やめてもらえないだろうか」

「こういうことって?」

譲はしばらく黙りこんだ後、言った。

「刑事の真似《まね》ごとはやめてほしい。前にも言っただろ? 身内が危ない目に遭っているかもしれないっていう状況が得意じゃないんだ。実際にケガもしたわけだし警察を辞めてほっとしていたら、今度は一人で刑事の真似ごとをするなんて……」

今度は奈月が黙り込む番だった。

譲のそういう気持ちは前から聞かされていた。だから、叔父の事件が発覚したとき、いい機会かもしれないと思って、警察を辞めたのだ。殺伐《さつばつ》とした雰囲気の中、神経をとがらせながら生きていくことに疲れていたこともある。

それなのにこんなことをしている。譲の言うとおり、自分は何か間違えているのかもしれない。でも、あんなふうに遼子に頼まれて、断るなんて無理だ。

苦い気持ちが胸に広がった。でも、それを今、ここで口に出すのは賢明ではないだろう。顔が見えない状態で言い争っても、いいことなんかない。

「それと、せめて連絡はちゃんとしてほしい」

奈月は携帯を握り直した。

「はい……。心配掛けてすみませんでした」

譲が声を和らげる。

「うん。じゃあ、出来るだけ早く東京に戻っておいで。そんなに長くはかからないんだろう？　来週の土日に連休が取れたんだ。温泉にでも泊りがけで行かないか？　退職の御祝いのようなことをこれまでやっていなかったのが気になっていてさ」

気持ちはありがたい。でも、今はそんな気になれなかった。

「ありがとう。考えておくね。じゃあ、悪いけどそろそろ出なきゃいけないから」

奈月はそう言うと、電話を切った。それと同時に、自分でもびっくりするぐらい大きなため息が漏れた。

バスタオルを身体から引きはがし、下着と洋服を身に着けた。シャツ以外は昨日と同じものだ。上着にも、パンツにも、煙草の臭いが染みついていたが、替えを買うほどのこともない。

ともかく、今は田中のことを考えよう。遼子のため、というのももちろんあるけれど、彼には本当に興味をそそられる。

浴室に戻って簡単に化粧を済ませると、奈月は遼子に電話をかけてみた。

遼子はワンコールで出た。前のめりになっている様子が目に浮かぶようで痛々しい。過剰な希望と、悲観的な絶望のどちらも与えたくなかったので、慎重に今までの状況を伝えた。遼子はあっさりと、「よろしくお願いします」と言った。

「雄樹君の容態はどう?」

「今は少し安定しているけれど、できるだけ早く移植が必要という状況は変わりません。それでね、今日は英語のできる友達にパソコン持参で店に来てもらうことにしたんです。海外で臓器移植を受けることも考えてみようかなって。あの人が見つからない場合のことも考えなきゃって思ったんです」

「でも……。お金がかなりかかるわよね。あと、確か待機リストっていうのがあって、すんなりとはいかないかもしれないわよ」

否定的なことを言いたくなかったが、もし知らないとしたら、調べてショックを受けるだろうと思ってあえて言った。

「ああ、それは欧米の話ですよね。そうじゃなくて、アジアでいろいろあるみたいだから。子どもの臓器もあるんですって」

「ちょっと待って。それは……」

臓器売買、というまがまがしい言葉を口に出すのはためらわれた。でも、遼子の言っている海外での臓器移植がまともなものとは思えなかった。

「日本からも行ってる人、いるみたいですよ。それにあたしには覚悟があるんです。もしかしたら、犯罪ってことになるのかもしれない。でも、だからどうしたって気持ち。私が犯罪者になって死刑になるほうが、雄樹が死ぬよりマシなんです」

奈月は言葉を失った。

そこまで思い詰めているとは……。せめて、近くに親しい人がいればいいのだが、彼女の周りには年老いて娘の言いなりの両親しかいないようで、そのことがもどかしい。

「ともかく、全力を尽くすからもう少し待って」

そう言うのが精いっぱいだった。


三軒目のパチンコ店に入ったのは、昼少し前だった。その店は天王寺駅の北側の繁華街にあった。自動ドアを入る前から騒がしい音楽が鼓膜《こまく》に突き刺さる。よく、こんなうるさいところで何時間も座っていられると感心するほどだ。

奈月は、台と台との間を歩き始めた。

男でも女でも構わない。四十代以上に見え、勤め人には見えない人。前のめりになって台に向かっている人は声をかけても振り向いてはくれないだろうから、休憩中、あるいは休憩に入ろうとしている人……。

警察手帳がないと、こういうことに気を遣わざるを得ない。じれったいけれど、ないものはないのだからしょうがない。

二列目に入ったときだ。

絶好の相手が前方にいた。ハンチングの帽子をかぶり、作業着風のジャケットを着た初老の男が、今まさに煙草を手に席を立とうとしているところだった。

足元に重ねた箱には、玉がぎっしりと詰まっており、どうやら大当たりを出したらしい。

すかさず彼に歩み寄り、声をかけようとした。そのとき、ふいに背後から肩を叩かれた。奈月は小さく飛び上がった。

大音量の音楽が流れているとはいえ、背後に人がいることに気がつかないなんて。現役時代には考えられなかったことだ。

振り向くと、煮しめたような色のシャツを着た角刈りの男が立っていた。制服を着ていないから、店員ではないらしい。奈月より頭二つぶんぐらい大きいから、百八十五センチはありそうだ。男は太い腕を組み、威嚇《いかく》するように奈月を睨《にら》みつけている。

「昨日の夜も店の中をうろつきよったろ。いったい何の用や？　迷惑や」

男は低い声で言った。

このくらいのことで、びびったりはしない。

「人捜しです。二十年ぐらい前にこのへんのパチンコ店で働いていた男の人を捜しています。今、四十歳ちょっと前ぐらいなんですが……」

男は目を細めるようにすると、ゆっくりと首を横に振った。

「そうらしいな。昨日、ウチのもんから聞いたわ。正気の沙汰《さた》とは思えんな。そんな昔のこと分かるわけないやろ。それよりほかに何か理由があるのと違うか?」

どんな理由があるというのだろう。言っているほうもきっと分かっていない。

「いえ、人捜しです。経営者の方でしたらお話を伺えませんか?」

しれっと言うと、男はますます目を細めた。

柔道の心得はあるが、体格差を考えると……。もみ合いになったら、危ないかもしれない。

男に対して恐怖を抱き始めた自分に対して苛立ちが募《つの》る。すごまれたぐらいで引き下がるなんて、そんな無様なことはできない。

「どっちにしても、客でもない人間に店をうろつかれるのは迷惑や。帰ってや」

男があごを振り上げた。

奈月は努めて冷静な声を出す。

「それより、話を聞かせてください。私が捜しているのは……」

「姉さん、耳が聞こえんのか?」

「お願いします」

奈月は頭を下げた。

「あんた、しつこすぎや」

男の大きな手が奈月の肩を摑んだ。咄嗟《とっさ》に足が出ていた。奈月の足の甲に鈍《にぶ》い痛みが走ったかと思うと、男が呻きながら床に膝をついた。無意識に繰り出した蹴《け》りが見事に決まってしまったのだ。奈月は思わず手で口元を押さえた。

こんなつもりじゃなかったのに。

「どういうつもりや！」

男はゆっくりと身体を起こすと喚いた。

まずい……。

左右を見回す。騒ぎが耳に入ったのか、いつの間にか、周りに人垣ができていた。人垣をかき分けて表へ逃げるべきか。それとも……。逡巡していると、人垣の間から警備員が現れた。警察でも呼ばれたらやっかいだ。ここは謝って引き下がろう。

自分の軽率さを悔やみながら、男に向かって頭を下げた。

「申し訳ありませんでした。肩を摑まれてびっくりしてしまったものですから……。謝ります。ごめんなさい」

何度も腰を折る。中途半端な謝罪は、相手の怒りに油を注ぐようなものであり、謝るなら徹底的に謝ったほうがいい。なんなら、土下座でもしようか。

奈月の様子がこっけいだったのか、男は脱力したように笑った。

「よう分からん人やな。まあ、ともかく、いったん奥に来てもらおか」

逆らうべきではないだろう。相手を蹴ってしまったことは事実であり、過剰防衛だったわけだから。

「はい……」

男と警備員に挟まれるような格好で、店の奥に向かって歩き始める。

「おお、痛っ」

男は大げさに足を引きずりながら、のそのそと歩いた。

六畳ほどの事務所には、他に誰もいなかった。警備員が一緒に入って来たことに、少し安心する。こんな部屋で、大男と二人きりになるのはごめんだ。

部屋には煙草の臭いが染みついていた。壁も茶色くヤニで染まっている。中央に置かれた大きなテーブルには、食べかけのコンビニ弁当や、スナック菓子が載っていた。

パイプ椅子に足を広げて座ると、男は奈月を見上げた。

「あんた、何者や？」

「ですから、東京から人を捜しに来ました」

「東京からというのは、言葉で分かる。それよりあんたの職業や。刑事、とは違うよな」

少し迷ったがうなずいた。

「前はそうでした。今は知り合いに頼まれて人を捜しているだけです」

捜している男は田中という名で、二十年前にこのあたりのパチンコ店で働いていたらしいこと。佐藤基樹と名乗っている可能性もあること。昨夜は従業員に話を聞いたが、収穫はなかったこと。常連客のほうが知っている可能性が高いのではないかと考えて、今日、出直して来たこと。

それらを簡潔に説明する。男は煙草に火をつけ、煙をせわしなく吐き出しながら、聞いていた。

「面倒なことをしよるのう。で、その男はいったい何をしたんや？」

「私にもよく分からないんです。ともかく、突然、仕事も放り出していなくなってしまったんです。理由はともかく、彼を見つけないといけないワケがあって……」

「借金かいな」

「いえ、彼、臓器移植のドナーになる予定なんです」

「借金のカタに腎臓でも売り飛ばすんか？　あくどいのう。まあ、刑事崩れの人間が人を捜してるちゅうたら、そんなところか」

咄嗟に身体が反応してしまったからとはいえ、蹴り倒してしまったせいか、きつい皮肉を言われた。

「そんな犯罪じみたことしませんよ。そうではなくて、事情があって彼の息子さんが、重い病気なんです。移植手術を受けなければ、命に関わるかもしれないから、その母親に頼まれたんです」

そう言った拍子に、男が顔を歪めた。

「息子が病気なんか。それはあかんな」

「ええ」

男は舌打ちをすると、煙草を揉み消した。テーブルに載っていたパッケージから新たな一本を引き抜き、火をつけた。しきりに目を瞬いていたかと思うと、警備員に部屋の外に出ているようにと言った。

「そいつの写真、持ってるんやろ？　見せてみい」

「協力してもらえるんですか？」

「まあ、これもなんかの縁や」

写真を渡すと、男はそれをじっと眺めた。

「わしもだいぶんこの業界で長いが、この顔に見覚えはないな。でも、当たってみることはできる。あんたの言うように、常連客に聞いてみるっていうのは、ええ考えや。写真、コピーしても構わんか？」

「もちろんです。ありがとうございます」

男は、黄色い歯を見せて笑った。

「わしにも、別れた女房との間に子どもが一人おる。男と女が別れるのはしゃあない。でも、子どもはきちんと面倒みなあかん。それが人の道っちゅうもんや。人の道を踏み外したら、ろくなことにならんで」

男はそう言うと、写真を指先ではじいた。

「この田中とか佐藤とかいう男が何をしたのかはどうでもええ。ともかく、子どもを助けてやるこっちゃ。わしの名は近藤《こんどう》。あんたは？」

「鹿川。鹿川奈月です。携帯番号を交換していただいてもいいでしょうか」

「ああ、ちょっと待ってな」

男はポケットから携帯を取り出すと、太い指でちょこまかと操作を始めた。

そのとき、ドアをノックする音が聞こえた。

「来客中や！」

「来客ちゅうのは、さっきの女の人のことですやろ。ちょっと話がありまして。さっきから、ここにいたので、だいたいの話は聞きました」

落ち着いた男の声が聞こえた。

「なら、入れ！」

近藤が言うと、ドアが開き、銀髪の小柄な男が入って来た。口元の大きなほくろに見覚えがあった。昨夜、話を聞いた男だ。

男は部屋に入ってくると、まっすぐ奈月に向かって来て言った。

「昨夜、話を聞かれた後、飲みに出た居酒屋でちょっと噂を聞きましてん。あんたに連絡取る方法もなかったし、義理もないと思ったから、放っておくつもりやったけど」

「噂？　この写真の男を見かけたとかそういうことか？」

近藤が聞く。

「いえ、そうではなくて……」

ほくろの男はそう言うと、首をかしげた。

「同じ男を捜している連中がほかにもいるらしいんですわ。昨日、素性のよく分からん二人連れの男が、このあたりのカプセルホテルや漫喫をしらみつぶしに尋ね歩いていたそうなんやけど。連れではないですよね」

奈月は首を横に振りながら、彼の言葉が意味することを考えた。

二人連れが、田中を追っている。田中は彼らから逃れるために、姿を消したのだろうか。

「どんな男たちだったんでしょうか」

「言葉から、関西の人間ではないらしい。刑事でもないらしい。身体が大きくて威圧感があるものの、物腰はヤクザとは違うかんじもあって、いったい何者だろうって」

そんなこと奈月にも分からない。でも気になる。いずれにしても、田中がこのあたりに逃げて来たことは、ほぼ間違いないだろう。

「コトはなかなかに複雑やな。だが、やることは単純や。田中とか佐藤とかいうやつを見つけ出して、手術台に載せること。姉さん、頑張ってや」

近藤はそう言うと、写真を男に渡し、コピーしてくるようにと命じた。

新幹線の車窓から眺める風景は、どれも見覚えのないものばかりだった。

棚田は三人掛けのシートの窓際に座り、ぼんやり景色に見入っていた。

大阪より西に行くのは、実に十八年ぶりのことだ。怖いという気持ちは当然ある。今も心臓がいつもより速く打っている。

でも、どうしても佐賀《さが》で確かめたいことがあった。昨日は請われるまま、弓枝のマンションで過ごした。過去の自分の仕打ちを思うと、懐かしがって引き止める彼女に冷たくはできなかった。今日もずるずると引き止めにかかってきたのをなんとかなだめ、午後に彼女のマンションを出た。

佐賀は棚田の生まれ故郷である。十八年前に逃げ出した街でもあった。

今、そこへ向かっている自分は何者だろう。

佐賀にいたころは棚田弘志だった。十八年前、大阪に出てきたときに田中宏《ひろし》と名を変えた。偽名を考えるとき、似たような響きの名字がよいと思ったのだ。そして、十七年前に佐藤基樹となった。十五年ほど前に東京に出てからは、棚田とも田中とも縁がなかった。

それが、この数日の間に一気に元に戻ってしまった。今、こうして座っている自分は、棚田でしかないと思う。

出来ることならば、心臓外科医・佐藤基樹として一生を終えたかった。医者になることは、亡くなった母との約束だった。

母が亡くなってからも、大阪に出てからも、医者になりたいという強い思いは変わらなかった。自分で自分を洗脳していたようなものかもしれない。この年になってそう思う。医者になるために人に言えないようなことをしてきた。そうまでして手に入れた仕事だった。

それなのに、こんなふうに尾羽《おは》打ち枯らして、故郷に向かっている。

まともに考えたら、佐賀になど行くべきではない。敵の本陣に丸腰で乗り込むようなものだ。それでも、どうしても確かめたいことがあった。

棚田が二十歳から二十三歳までを大阪で過ごしたことがあると知っている人は、一人しかいなかった。

その人には、大阪にいる間、時々連絡をとっていた。最後に電話が来たのは、東京に出る少し前のことだった。

少し迷ったが、自分の初志《しょし》を貫徹《かんてつ》するため東京に出て医学部を受験することを話した。彼女は誰にも絶対にしゃべらないという確信があった。

「目立つことをしたら見つかる危険が高くなるのではないか」と心配されたので、「いつか再び追われるようになったら、大阪に戻る、大阪は事情のある人間が暮らしやすい街だから大丈夫」だ、と打ち明けた。

彼女が、棚田の立ち寄りそうな場所として阿倍野のことを黒沢、あるいは下山に伝えたとしか思えなかった。そうでなければ、下山があの場に現れたことが説明できない。

彼女が自分の意志でそうするとはとても思えなかった。彼女は、あんなにも献身的に、優しく自分を支えてくれた。

棚田が彼女を結果として捨てたことに対する仕返しとも思えなかった。

東京に出る前、彼女に来てくれと言うかどうか、散々悩んだ。

来てくれ、ということは彼女に、両親や兄弟、そして地元の友達と以後、連絡を絶てということにほかならなかった。狭い町のことだ。行き先を身内が知っていれば、必ず黒沢の耳に届いてしまう。

彼女もそのことは理解していたと思う。東京での連絡先を聞かれ、言葉を濁したところ、重ねて尋ねてはこなかった。

そういう気配りのできる人が、今更、自ら黒沢に情報を流すなんてあり得ない。となると、考えられることは、彼女が窮地に立たされているということだった。それでやむを得ず、ということならば理解できるし、それで彼女が救われたならば、よかったとも思う。

それ以上の恩、あるいは愛を、自分は彼女から受けている。

でも、もしかしたら救われていないかもしれない。黒沢はとにかくしつこい。そして凶暴だ。何が起きているか確かめないと、気が済まなかった。そして、もし、困っているならば、自分が彼女の力にならなければならない。

生きなおしたい。

ふと、そんな言葉が頭に浮かんできた。

それは、驚くほど強い気持ちだった。

女たちを踏みつけにしたことを後ろめたく思っていたものの、仕事を通じて人の役に立てば、帳尻は合わせられると考えていた。父によって、めちゃくちゃにされた人生を取り戻すには、多少のことは許されるとも思っていた。

でも、そうではなかったのだ。

お腹の子を始末し、誰か別の男と結婚しているものと思っていた遼子は、シングルマザーとして子を育てている。

弓枝は許してくれたようだが、それは彼女の寛大さによるもので、迷惑をかけたことには変わりない。当時は相当、恨んだだろう。

不幸な生い立ちを言い訳に、自分がやってきたことを「しかたがなかった」とごまかしてきた。でも、彼女たちの人生に刻んでしまった傷は、何年経っても消えることはない。

弓枝の傷は、うっすらとした跡を残してふさがっているようだが、遼子の傷は当時にも増して、血を噴き出している。

それを目の当《ま》たりにしてしまった以上、もはやごまかしはきかない。

車内販売の娘が、のんびりとした声を車内にふりまきながら、棚田の車両に入ってきた。

ともかく、今は彼女に会って事情を聞くことに全力を傾けよう。会う前に、黒沢に見つかったりしたら、全く意味がない。

黒沢のことを考えると、やはり今でも胸が押しつぶされるような嫌な気持ちになる。コーヒーでも飲んで、気持ちを落ちつけたほうがいいかもしれない。棚田は財布を取り出した。

奈月の携帯電話が鳴ったのは、コーヒーショップで休息を取っているときだった。

パチンコ店ばかりでなく、ネットカフェや漫喫も回ったから、脚が棒のようになっていた。

奈月が電話に出るなり、近藤が興奮した声で言った。

「今すぐ来てや。いや、そっちに行くわ。今、どこにおる?」

繁華街の中にあるコーヒーショップだと言うと、近藤が電話の向こうで誰かと一言、二言、言葉を交わした。

「ほな、五分で行くから待っててや」

誰か、田中を知る者が見つかったのだろうか。あの興奮した声からすると、そうに違いない。

店内を見回す。喫煙スペースの四人掛けの席が空いていたので、そこに移動して、近藤を待った。義理もないのに協力してくれたわけで、煙草ぐらいはこちらが我慢すべきだろう。

およそ十分後。店に入って来た近藤は、中年女と連れ立っていた。髪を茶色く染め、大柄なプリントのシャツを着た派手なかんじの女だった。

女は飲みものを買うためにカウンターへ向かったが、近藤はまっすぐ奈月の席にやってくると、興奮気味に言った。

「見つかったで。知り合いの店の常連客で、綿貫弓枝さん。コンビニのオーナーさまや。わしもまんざら知らん女じゃない」

近藤はそう言いながら、にやっと笑った。

「弓枝は、ばっちり知ってる」

「助かります」

咄嗟に足蹴《あしげ》にしてしまったことを申し訳なく思いながら頭を下げる。

いや、でも、足蹴にしなければ、田中のことを詳しく話す機会もなかっただろうから、蹴ったのは悪いことじゃなかった。

「パチンコ店の店員ではないそうや。佐藤基樹と名乗っとったらしい。わしも一緒に話を聞きたいところやけど、なんや複雑な事情があるらしくてな。あんたと二人きりで話をしたいんやと。そこはまあ、頑固でな」

今度は顔を大げさにしかめる。そのとき、弓枝がトレイに紙コップを載せて近付いてきた。

「ほなら、わしはこれで退散するわ」

近藤が弓枝の尻をつるりと撫《な》でた。弓枝は、不愉快そうに顔をそむけながらも、小さくうなずいた。

来たときと同じく、どたどたとした足取りで、近藤は店を出て行った。彼の姿が消えると、周りの空気が涼しくなったような気がした。

奈月の正面の席に座ると、弓枝は煙草を取り出した。女性用の細いライターで火をつける。ひと息吸い、盛大に煙を吐き出すと、弓枝は言った。

「写真の男なら、知ってるわ。ただ、話をする前に一つ確認させてほしいねん。モトキに子どもがおって、その子が病気で移植が必要だって聞いたんやけど、それってほんま？」

「ええ。息子さんの母親から依頼されて、彼を捜しているんです」

「そこらへんをまず詳しく聞かせてもらいたいわ」

奈月は尋ねられるまま、遼子から依頼を受けた経緯や、これまでのことを話した。弓枝は用心深い目をしてそれを聞いていた。

「あと、モトキを追ってる連中がおるやんか。あの連中とあんたは？」

「まったく分かりません。昨日、私と同じように佐藤さんを追っている人がいると知って驚きました」

「ふうん。いったい何者やろ。見たところ、刑事ではないと思うけど……」

「もしかして、追手を見かけたんですか？」

弓枝はあっさりとうなずいた。

「体格のいい四十がらみの男だったわ。近藤さんの話では二人連れやそうだから、そのかたわれやろうね。えらいでかい男やったけど」

弓枝はそう言うと、自分の店に佐藤基樹が飛び込んできたときの様子を話しだした。ぎりぎりセーフ、といったところのようだ。そのとき、彼が捕まっていたら遼子にとって都合がよかったのか、そうでなかったのか。弓枝の話ではよく分からない。

「でな、モトキは昼過ぎまで、わたしのマンションにおったんよ」

「えっ！」

奈月はその場で腰を浮かしそうになった。

「誰にも言うつもりはなかったんやけど、近藤さんに子どものことを聞いてねえ。そういうことなら、話したほうがええんやないかと思って」

「では、今はどこに？」

「新大阪の駅に送って行ったから、新幹線に乗ったことは確かやと思うけどねえ」

「心当たりはありませんか？　失礼ですが、佐藤さんとは親しかったんですよね」

弓枝がうなずく。

「近藤さんに聞いたけど、あんた、刑事やってたんだってねえ。隠しても分かると思うから言うと、わたし風俗やってたんよ」

なんとなく想像がついていた。疲れた肌、どこか投げやりな態度。ずっとコンビニで働いていたと考えるには無理がある女だった。

「当時、モトキは難波のホストクラブに勤めていたんよ。あの子、見た目はまあまあだけど、性格が暗いでしょ。先輩たちにも、いじられてたねえ。それでも、ものすごく頑張ってた。そういう素直なところが可愛くなってしまってねえ。話をよく聞いてくれたし」

田中という男がますます分からなくなる。

「まあ、でも昨日は嬉しかったたわ。医者になったんだってね。びっくりしたけど、当時から自分にはやりたいことがあるって言うてたからね。それを聞いて、わたしもすっきりした。わたしの部屋に転がり込んできて、お小遣いもかなりあげてたからねえ。食事やら旅行やらも、全部わたし持ちだった。それなのにある日、ドロン」

弓枝は肩をすくめた。

「目も当てられない話やろ？　わたしも話をしてて恥ずかしいわ。タンス預金も持ってかれてしまってなあ。五十万ほどはあったやろか。当時はさすがに落ち込んだわ」

二人の年の差は、十はあるだろう。年増の風俗嬢が若いホストに入れ揚げる。確かによくある話である。結末も、同様だろう。

気持ちが分かるとまでは言わない。でも、軽蔑《けいべつ》する気にはなれなかった。過酷《かこく》な仕事をしていると、心のよりどころが必要となる。それが薬でなかったことが、幸いだったと言うべきだろう。

「高い授業料を払うことになってしもうたけど、そんなこともあって本気で風俗から足を洗おうと決心したから、それはそれでええんよ。だから、昨日、モトキと会えて嬉しかったっていうのは本心。それも、医者になっただなんてね。よかったわあって思った。自分も、それを手伝えたようで、ええ気分やったんよ。なのに、何をやらかしたのか知らんけど、病気の子どもをほっぽらかして逃げてるなんてなあ。やっぱり、わたしには人を見る目がないんやろか」

なんとなく彼女が気の毒になって言った。

「子どものことは、詳しい事情を知らなかったのかもしれませんね。移植手術が必要なことはもちろん知っていましたが、息子さんの容態が悪化して、すぐにでも移植が必要ということになったのは彼が姿を消してからのことなんです」

「ほんま?」

弓枝の目が明るむ。

「だったら、そのことを知ったら、彼、帰るかもしれんね」

「ええ、でも、携帯はずっとつながらなくて。電源が切れているのか、持っていないのか。だから、こうして私が彼を捜し回っているわけですが。もう一度、考えてみてください。新大阪からどこへ行ったか、心当たりはありませんか? 例えば、付き合っていたとき、自分の出身地の話なんかはしなかったんでしょうか」

「聞いても教えてくれなかったわねえ。ただ、九州かもしれないとは思う」

「九州。なぜそう思うんですか?」

「わたしがモトキに入れ揚げていることは、あの子の店では知られていたわけでしょ。店の別の子が、わたしに耳打ちしてくれたんよ。九州に女がいるみたいだから、あまり入れこむのは考えものだって。店に女から電話がかかってきたみたいなのよね。それで、話しこんでいたらしいんだけど、それがどうやら九州のほうの言葉らしくて」

九州か。

あまりにも漠然《ばくぜん》としている。せっかく彼の足取りに肉薄できたのに、ここで終わりになってしまうのか。それでは、あまりにも悔しすぎる。

「あと、思い出したわ。やっぱり九州だと思う。わたし、ラーメン食べに行くのが好きなんよ。でも、あの子は絶対にいややって。とんこつラーメン以外、ラーメンとは言えないとか言うてたわ。あと、大阪のラーメンは麵がふにゃふにゃで許せないんやて。だから、あの子とはいつもうどんやったなあ。釜揚げが好きやった」

弓枝は当時を懐かしむような目つきになった。

不思議なものだと思った。

田中は彼女を痛い目に遭わせた憎い男のはずである。それなのに、匿《かくま》ってやり、恨むどころか彼のことを心配したり懐かしんだりしている。

そんな奈月の気持ちが顔に出ていたのだろうか。弓枝が奈月を見て薄く笑った。

「わたしのことアホやと思ってるでしょ」

「いえ……」

理解しかねるだけだ。でも、そう言うのも失礼かと思い、奈月は冷えてしまったコーヒーをすった。

「自分でもアホやなあと思っていたんだけど、昨日の夜、ちょっと思ったんよ。ろくなことのない人生やけど、人一人を育てたと思えば、生まれて来た意味があった、なんてね。まあ、言うたら自己満足やけど、なかなか気分はよかったわ」

そう言うと、弓枝は真顔になった。

「だからこそ、心配なんや。モトキには、自分の子どもを見捨てるような、薄情な男にはなってほしくない。何かあったら、いつでも協力するから、あの子を見つけてほしいんよ」

「精一杯、やってみます」

弓枝は、煙草の煙をふうっと天井に向かって吐いた。

弓枝が去った後も、奈月はしばらく店で考え込んでいた。

彼女の話を聞く限り、彼女より佐藤基樹、いや、田中と親しかった人物はいないようだ。そして、彼は九州へと向かった。

さて、自分はどうするべきか。

ここまで来てすごすごと引き返すのは癪《しゃく》に障る。でも、他にどうすることができるだろう。

田中を追っている二人組の男のことも気になるが、それが誰であるかは全く見当がつかない。こんな状態で九州まで行っても、無駄足に終わる可能性が高い。

そのことを率直に遼子に話し、指示を仰ぐべきだろうか。依頼主は彼女である。それに、雄樹のことも気になる。あれから、容態がさらに悪化していなければいいのだが。

そのとき、携帯が鳴った。譲からだった。

電話に出ずに切り、使ったトレイやカップを片づけ、店を出たところで、電話をかけなおした。

「どうしたの？」

「いや、今夜もそっちに泊るのかなと思って」

「どうしようかな。まだ考え中。見つかりそうで、見つからないのよ。近づいては遠ざかりっていったところかしら」

だったら、戻ってこいと言われたら、そうするつもりだった。だが、譲はそうは言わなかった。

「奈月が戻らないなら、俺、今夜は千葉に行こうかな。泊るかもしれない」

娘には、日曜日に会ったばかりではないか。そんな気持ちが沈黙ににじみ出てしまったようで、譲は早口で言った。

「この前、会ったときにカミさんから聞いたんだけど、娘がいじめられているらしいんだ。今日も泣いて帰って来たって、さっきメールがあってさ。気になるものだから」

気づかれないように、小さくため息をつく。日曜、電話に出なかったのは、そういうことなのか。でも、責める気にはなれなかった。自分に子どもがいて、その子がいじめられていたら気が気ではないだろう。

「それは心配ね。行ってあげたほうがいいわ。私に気を遣わないで。今朝言ってた温泉のことも、急がなくていいからね。時間ができたら、ということで」

譲がほっとしたように、息を長く吐いた。

「なんか申し訳ないようだけど、そうさせてもらう」

電話を切り、天王寺の駅に向かって歩き始める。

心の中に、ざわざわとしたものが広がる。それを押しつぶすように、一足、一足、足を進める。

よくない方向に物事が進んでいくような気がする。

誰のせいでもない。自分を含めて誰も責める気はない。でも、大阪までのこのことやってきたのは、間違いだったんじゃないだろうか。

今すぐ電話をかけなおし、これから東京に戻る。娘さんのことは心配だろうが、私の気持ちも考えてほしい。

そんなふうに言えば、譲は千葉には泊らないだろう。

でも、それはできない。意地になっているのだろうか。でも、モラルの問題としてどうかと思う。

いつの間にかうつむいていた。顔をまっすぐに上げる。それだけでも気分がいくらか上向いた。

新大阪駅で、うどんでも食べてから遼子に電話をかけて状況を説明し、東京行きの新幹線に乗ろう。釜揚げ、というスタイルが田中の好みだったらしい。大昔に一度、食べたことがあるけれど、どんなものだったかうろ覚えだ。そういえば、昼ご飯を食べていないからおなかも減っている。

いつの間にか、歩みが速くなっていた。

天王寺から新大阪までは、地下鉄御堂筋線で一本だった。天王寺と阿倍野がこれほど近いならば、来るときも御堂筋線でくれば、大阪駅で迷子になることもなかった。

そんなことを思いながら、地下鉄に揺られていると、新大阪に着いた。

夕方に近く、出張帰りのサラリーマンで駅は混んでいた。念のために指定席の切符を自動券売機で買っておくことにする。うどんを食べる時間を考え、四十五分後の列車にした。

「水原社長、怒るでしょうね。嫌だなあ。だいたい下山さんが……」

お釣りを受け取っているとき、背後で話し声がした。どこかで聞いたようなかん高い聞き覚えのある声だったので、なに気なく聞き耳をたてた。

「責任を感じているから佐賀まで行くんだろ」

連れの男の声は、記憶になかった。

「それより、お前、病院のほうから強く言ってもらってくれ。いつまでも、こんなことをしているわけにもいかない」

「分かりました。でも、医者や僕が言っても聞かなかったら、下山さんからも言ってくださいよ」

病院、医者という言葉でぴんときた。

顔を見られないように、財布に切符をしまうふりをしながらその場を離れた。十メートルほど離れた場所に着いてから、そっと振り返る。

二人組の男がいた。ひょろりとしたグレーのスーツと、ラグビー選手のように厚みがある体つきの草色の上着。グレーのスーツのほうに見覚えがあった。

北原総合病院で岩田に詰め寄っていた神経質そうな男。確か、立野という名前だった。記憶が芋づる式に蘇る。水原というのは、佐藤基樹の手術を受けることになっていた患者の名前だ。

奈月は手のひらににじみ出した汗をパンツの腿《もも》のあたりで拭いた。

阿倍野のネットカフェや漫喫で田中を捜していたというのは、この二人連れに間違いないだろう。弓枝が言っていた体格が良い四十がらみの男、というのが草色のジャケットのほうだ。下山という名前らしい。

水原という患者は、佐藤の執刀にこだわっていた。部下である立野が佐藤を捜しているのだということは分かる。でも、どうにもすっきりしないものがある。

なぜ、水原という患者は、そうまでして佐藤にこだわるのだろうか？　佐藤とは知り合いなのか？　確か、まだ診察も受けていないという話だったはずだ。それに、行き先に心当たりがあるならば、岩田を通じて教えてくれてもいいような気がするのだが。

男たちは切符を購入し終え、改札口に向かって歩いて行く。

奈月は少し距離を置きながら、彼らの後をつけた。彼らに続いて改札に入る。

二人はそこで簡単に挨拶を交わし、別々の新幹線のホームに続くエスカレーターへと向かった。立野は東海道新幹線のホームへ、下山は山陽新幹線のホームへ。

二人はそれぞれエスカレーターに乗り込んだ。グレーと草色の背中がみるみるうちに遠ざかっていく。

佐藤基樹と名乗っていた人物の出身は九州かもしれないと弓枝は言っていた。そして、下山が向かうというのが佐賀。これはもう行くしかないだろう。

話の流れから考えて下山が佐藤を追っていることは、ほぼ確実だった。こんな絶好の機会をみすみす逃すわけにはいかない。

一瞬、譲の顔が頭をよぎった。でも、東京に帰りたいとは思わなかった。奈月は、草色の背中を追って、エスカレーターに乗り込んだ。

その夜、棚田は福岡の天神《てんじん》にあるビジネスホテルに泊った。駅の近くの銀行で金を下ろしたので、今夜はゆったりとした部屋をとった。

福岡で途中下車したのは、佐賀に着くのは夜になりそうだったからだ。夜、相手の家を訪ねるのは考えものだった。佐賀に長居するのは、無駄であるばかりか、危険だった。佐賀に足を踏み入れたら、黒沢に見つかるかもしれない。

その覚悟はできているが、目的を達する前に捕まっては意味がないので、慎重を期すことにした。

それにしても……。

スプリングが柔らかなベッドに仰向けに寝そべる。

あの夜、駅から家に戻る途中だった。近道をするため、住宅街の中を歩いていた。自宅マンションが見え、コンビニに寄ってビールを一本だけ買って帰ろうか迷っていると、突然、声をかけられたのだ。

「棚田さんだね」

捨てたはずの名前を呼ばれて、背筋が凍った。反射的に振り向いたところ、体格の良い男が暗がりの中にひっそりと立っていた。顔を見てすぐに下山だと分かった。信じたくなかった。でも、昔の名前を呼ばれた以上、下山としか思えなかった。

咄嗟に逃げなければと思った。つかまったら、何をされるか分からない。

だが、走り出す前に相手に腕を摑まれた。死に物狂いでそれを振り払おうとした。体力があるほうではない。それでも、火事場の馬鹿力というものがあったのだろう。全力で下山を突き飛ばした。

下山はバランスを失い、背中から転んだ。あっと思ったときには、鈍い音がしていた。舗道の段差に後頭部をしたたか打ちつけた、ということはすぐに分かった。下山はぴくりとも動かなくなった。

息があるのかどうか、確かめるべきだと思った。

いや、救護をするべきなのだ。

自分は人の命を救う医者なのだから。

それでも、身体は動かなかった。その場でしばらくの間、棚田は震え続けた。そして、気がついたら大通りに向かって走っていた。

つかまったら殺される。そのことだけしか頭になかった。自分の足音と吐く息が、途方もなく大きく感じられた。ひと気のない細い道を、ひたすら全力疾走した。

途中、なじみの小さな書店の前で、店主に声をかけられた。それでも、立ち止まることなどできず、走り続け、大通りに出た。ちょうど、タクシーが通りかかったので、それを止め、「新宿駅まで」と言ったのだった。

逃げることしか頭になかった。十八年前の悪夢のような出来事が、何度も頭をよぎった。しっかりと封印し、捨てて来たはずの過去が、まるで封印されていた恨みを晴らそうとするかのように、頭の中をぐるぐると回り続けた。

こうなったのは、自分のせいではない。でも、つかまったら殺される。

逃げなければ、逃げるんだ、逃げろ！

逃げろ、という言葉は警鐘のようにガンガンと頭の中で鳴り響き、他のことを考える余裕などまるっきりなかった。ちょうど十八年前と同じように。

そして、新潟に行き、大阪に行き、今、福岡にいる。

正直、疲れ果てた。だが、やらなければならないことが自分にはある。

棚田の意識はそこで途切れた。

5章 帰郷

頭の上で何かうるさい音がする。まるでサイレンのような。何か起きたのだろうか……。

それがホテルのベッドに組み込まれた目覚まし時計の音だと気付いた瞬間、奈月は飛び起きた。

身体の節々《ふしぶし》が痛んだ。ベッドが柔らかすぎたせいもあるが、昨夜、三時過ぎまで寝付けなかったことのほうが大きいだろう。

大きく伸びをすると、シャワーも浴びず、服を身につけた。

洗顔し、髪をざっと整えると、財布だけ持って階段に向かった。昨日から追っている下山という男は、一つ下の階に泊っている。

階段を降り、自動販売機を探すふりをしながら廊下を歩いた。

男の部屋は奥から二番目の六一四号室だった。昨夜、男に続いてチェックインする際に、フロント係とのやりとりを盗み聞きして手に入れた情報だった。

六一四号室の前に「Ｄｏｎ’ｔ　Ｄｉｓｔｕｒｂ（起こさないでください）」の札がかかっていることを確認すると、いったん自室に引き返した。

昨夜、山陽新幹線と、長崎本線の特急を乗り継いで佐賀に着いたとき、夜の十時を過ぎていた。そのまま、佐藤の潜伏《せんぷく》先に向かうのかと思ったのだが、彼は駅前にあるこのビジネスホテルにチェックインしたのだった。

そんな悠長なことをしていていいのかとやきもきしたが、下山が動いてくれない以上、奈月にはどうしようもなかった。

新大阪から佐賀に来るまでの車中で、下山に声をかけるべきかどうか迷った。

下山は、佐藤を執刀医にと望んでいる水原の依頼を受けて動いている。佐藤を見つけ出すという目的は奈月と共通している。協力態勢を取ることができれば一番いいわけだが、声をかけなかったのは、二つ理由がある。

第一に、佐藤の身柄を取られたくないということだ。佐藤を見つけて東京に連れ戻したら、すぐにでもドナーとなるための検査や手続きに入ってほしいというのが、遼子の希望だ。水原の手術をしてほしいという、彼らの希望とは相反する。

二つ目は、水原と佐藤との関係が分からないことだ。佐藤の行き先の見当がついているのは、二人の間になんらかの個人的な関係があるためだと思う。だが、それが何か見当がつかない。彼らのほうでも隠しているのだろうから、慎重にならざるを得なかった。

昨日、新幹線の中から岩田の携帯に電話をして、水原という患者について尋ねてみた。情報は少なかった。

水原は今年五十五歳になる女性で、九州から手術を受けるために東京にやってきた。当初は大下を指名していたのだが、途中で佐藤に執刀してほしいと言い出した。

家族は付き添っていない。健康保険証のデータを調べてもらったところ、九州を地盤とする中堅エステティックサロンのものであり、立野が社長と呼んでいることから、経営者のようだ。

岩田は下山のことは知らなかったが、見舞い客の記録を調べてもらったところ、水原の従弟であることが分かった。

ともかく、佐藤と水原の間には何かがあると思う。興味は覚えるけれど、それが何なのかと嗅ぎまわるよりも、下山を尾行し、佐藤のところに誘導してもらったほうが確実だろう。

下山は腕っ節が強そうだが、佐藤を力ずくで連れ戻すことはないだろう。だから、下山が佐藤を発見した時点で姿を現し、佐藤に事情を説明すればよい。

また、途中で尾行がバレたら、そのときに、下山に事情を話して、協力しようと持ちかければすむ話であり、初めから手の内を明かす必要はない。

下山の部屋の前をゆっくりと通り過ぎながら、中の様子をさりげなくうかがったが、物音一つ聞こえてこなかった。まだ寝入っているのだろうか。ともかく、ノブに札がかかっているからには、チェックアウトしていないことは確かだった。

奈月は自分の部屋に戻ると、手早く荷物をまとめた。フロントに降り、チェックアウトを済ませると、ホテルを出る。あたりを見回して下山が出てくるまでの間、時間をつぶせそうな場所を探す。

ホテルの車寄せには、タクシーが三台並んでいた。先頭のタクシーの運転手が期待のこもった視線を送ってきたが、それを受け流して歩き出す。

ファミリーレストランか、早朝から営業している喫茶店のようなものがあればありがたいのだが、ホテルのエントランスが視界に入るような位置にその手の店はなかった。

早朝なので、人通りもほとんどなかった。県庁所在地と思えないほど静かだ。

四月も半ばに入ったというのに、空気は冷え冷えとしていた。薄い上着しか持ってこなかったことを少し悔やんだ。

目についた自動販売機でコーヒーを買って、エントランスから死角となるように電信柱にもたれかかった。

これから何時間待つことになるのだろう。ペアを組む相手がいないから、トイレに行くことすらままならない。コーヒーは半分ぐらいでやめておいたほうがよさそうだ。

コーヒーをちびちびと舐めながら、佐藤基樹と名乗っていた男について考え続けた。

なぜ、他人と入れ替わったのか。そもそも、なぜ大阪へ行ったのか。

その後、東京で医者になったぐらいだから、おそらく高校を卒業するぐらいまでは、ごく普通の家庭、もしくは裕福な家で育ったように思える。

それが何かの理由で大阪に流れて行った。パチンコ店、ホストクラブに勤め、風俗嬢から金をせびり取った。その間に、他人と入れ替わった。

その後、貯めた金を元手に大学の医学部を受験し、合格した。学生生活を送っている間に、増田遼子と付き合い、子どもができたにもかかわらず、逃げ出した。

そうした奇妙な過去を持っているのに、その後は人嫌いではあるが、優秀な医者としてキャリアを積んでいった。

そして現在、なぜか逃げている。

彼に会ってみたいと思った。会って話を聞いてみたい。

追跡を始めたきっかけは、遼子に頼まれたことだったが、今はむしろ、自分の興味で動いている。それはそれで構わないと思った。結果としてそれが遼子や彼女の息子のためにもなる。

でも、それは言い訳で、やはり自分の好奇心を満たすために、ここまでするのかもしれない。

彼の側にあった事情、というものを知りたいと切に思う。

他人になりすますのは犯罪だ。弓枝や遼子に対して彼がしたことも、犯罪とは言えないが、感心できるものではなかった。

それでも、佐藤が極悪な人間だとも思えなかった。

彼は熱心な勤務態度で職場の人間から信頼を得ていた。それに、遼子はともかく、大学の同級生だった芝原と弓枝は、彼のことを心配していた。少なくとも嫌ってはいない。

スズメが鳴き始めた。

気づかないうちに、コーヒーはほとんど空になっていた。トイレに行きたくならなければいいのだけれどと思いながら、缶をゴミ箱に捨てた。

それから三時間近くが過ぎた。ずっと同じところに立っているのも妙なので、エントランスが視界に入る範囲で歩きまわった。途中で遼子に連絡を入れた。雄樹の容態は良くも悪くもなっていないという。それは即ち急ぐ必要があるということだった。

譲にも電話をかけかけたが、やめておいた。大きな仕事の前に、心を乱されたくなかった。

足がすっかり疲れてしまった頃に、ようやく草色のジャケットが見えた。

ぴりっと身が引き締まる思いだった。この感触が好きだった。ワクワクするのとは違う。緊張とも違う。ターゲットを発見したときの気持ちとしか言いようがない。

タクシーを拾われたら厄介だと思ったが、下山は駅のほうに向かって歩いて行った。二十メートルほど距離を置いて、慎重に後をつける。見咎《とが》められたら事情を話そうとは思っていたけれど、できれば見つかりたくなかった。

駅に着くと、下山は路線図を確認しながら、切符を買った。

佐賀駅に泊ったということは、目的地はそう遠くはないはずだ。念のために余裕を見て五百四十円の切符を買うと、男の後から改札を通り、ホームに向かった。

列車はワンマン運転の二両編成だった。男とは別の車両に乗り込む。きしみを上げながら列車はゆるゆると発車した。

車内には、湿っぽいような匂いが充満していた。懐かしさを感じさせる匂いだ。ローカル線の旅が好きな人たちの気持ちが少し分かるような気がした。

早朝というほどでもないのに、乗客の姿はまばらだった。

車両間の扉越しに下山の様子をのぞき見すると、携帯の画面に見入っていた。地図でもチェックしているのだろうか。

電車が二十分ほど走ったところで、次の停車駅がアナウンスされると、下山はドアの前に向かった。ホームに電車が滑り込む間も、携帯をチェックしている。指の動きからみて、メールでも打っているのかもしれない。身体の大きさと手指の器用さは関係ないようで、彼の指先は実に素早く動いている。

電車が止まると、彼はのっそりとホームに出た。奈月も素早く席を立ち、彼に続いて電車を降りた。

駅を出ると、のんびりとした田舎町が目の前にあった。駅前には、ちょっとした食品や生活用品が置いてある店と、今もやっているのか、あるいはとうの昔につぶれたのか分からないような居酒屋が一軒。比較的大きな道路、おそらく県道だろう、が線路と並行に走っているが、行き交う車はさほど多くない。

ここも佐賀市内なのだろうか。県庁所在地にしては、寂しいものだ。それとも中心部の駅から離れてしまうと、どこもこんなものなのだろうか。

下山は駅前の道路に沿って歩き出した。

すぐに道の左側が開け、田んぼが見えた。このあたりでは、すでに田植えが始まっているようで、水を張った田に緑色の苗が行儀よく並んでいる。白い大きな鳥が田んぼの中をゆったりと歩いていく。白鷺《しらさぎ》だろうか。

車は時々通るが、歩いている人はいなかった。遥か遠くに野良着《のらぎ》姿で農作業をしている人が見えるぐらいだ。歩いていると、目立ってしようがなかった。

下山が振り返ったら、一発で尾行と気づかれてしまうだろう。だが、下山にはそんなそぶりはなかった。強面《こわもて》ではある。でも、尾行されたり尾行した経験などないのだろう。

いくつかの角を曲がると、比較的新しい住宅が十軒ほど建っていた。

下山は一軒、一軒の表札を確かめ始めた。ここが目的地、ということか。

青い屋根瓦の二階建ての前で下山は足を止めると、チャイムを鳴らした。

田舎道でぼうっと立っているのは、異様だと分かっていたが、奈月は足を止めた。ここまで来たら、気づかれても構わない。

下山は玄関先に出て来た人物としばらくの間、話をしていた。そして、携帯電話を取り出すと、キーを押し始めた。それが終わると相手に一礼した。

佐藤は、ここにはいないようだ。

だが、相手から何か情報を引き出したのだ。携帯のキーを打っていたのは、それを記録するためだろう。

だとすると、まだ気づかれたくなかった。奈月は、来た道を引き返し始めた。

後ろを振り返って、下山の姿を確認したかった。まさかとは思うが、タクシーが通りかかり、乗り込まれてしまったら見失ってしまう。

できれば、どこかで彼をやり過ごし、背後に回りたい。駅まで約十分の道のりだが、その間に彼をやり過ごせるような適当な場所はあっただろうか。

焦りながら早足で歩く。

迷っていると、前方にガソリンスタンドが見えて来た。

あそこだ。

トイレを借りるフリでもしよう。そして、男の背後に回り込んで……。

そのとき、背後でエンジン音が聞こえた。

車を確認するために振り返るのならば、不自然ではないはずだ。

奈月は思い切って振り返った。

白い車体のタクシーがこっちに向かってやってくる。その後を追うように、下山が体格のいい身体を揺らしながら走っていた。

咄嗟に身を隠そうにも、隠すところがない。奈月はその場で固まってしまった。

タクシーが奈月の前を通り過ぎる。後部座席に座っている男の横顔がちらっと目に入る。

次の瞬間、奈月は思わず声を上げていた。

写真を何度も見て脳裏に焼きつけた顔だった。佐藤基樹。あるいは田中。

やっぱりここに来ていたのか。

「佐藤さん!」

怒鳴ると、奈月も走りだした。だが、それでタクシーが停まるはずもなく、白いボディーはみるみるうちに遠ざかっていく。

奈月はタクシーのナンバーを記憶に焼きつけると、足を止め、後ろを見た。十メートルほど先で、下山は呆然としたように口を半開きにして、肩で息をしていた。

こうなったら、声をかけるほかない。

　奈月は彼に歩み寄った。

「タクシーに乗っていたのは、佐藤基樹さんですよね」

　下山が顔を上げた。驚愕《きょうがく》するように目を見開いたかと思うと、眉根を寄せた。

「あんたは？」

「佐藤さんを捜しています」

「なぜ？」

　肩で息を続けながら、下山は首をひねった。逃げ出すような様子はなかった。逃げる体力もないはずだ。渇いた喉をうるおしたいのか、しきりに唾《つば》を飲み込んでいる。

「詳しいことを話している時間はありません。佐藤さんの立ちまわり先に心当たりがあるのでは」

　奈月は男の後方を指差した。

「さっき、あそこの家の人と話していましたよね。何を話していたんですか？」

　下山は、不機嫌そうに喉を鳴らした。

「そんなこと、誰だか分からない人間に話せるかよ」

「じゃあ、質問を変えます。さっきの家の人と佐藤さんは接触したんでしょうか」

　男は少し迷ったそぶりを見せたが首を横に振った。

「それはない。やつがタクシーを降りたところで、声をかけたんだ。そうしたら、すぐにタクシーに乗り込んでしまった。あとは、あんたが見た通りだ」

タクシーから離れるまで、なぜ待てなかったのか。そんなことをしたら逃げられると分かるだろうに。相手が目の前に現れて、思わず声をかけてしまったということだろうが、お粗末すぎる。

下山にあらかじめ接触しておかなかったことを悔やんだが、後の祭りだった。

タクシーのナンバーは覚えているけれど、それをどう活用すればいいのか。警察だったら、いますぐタクシー会社に連絡をして、車ごと押さえられるかもしれないけれど、今の身分では、タクシー会社にまともに頼んでも、彼が降りた場所すら教えてもらえないだろう。

悔しい思いを飲み下すと、奈月は言った。

「失礼ですけど、さっきのあなたのやり方はまずかったですね。タクシーを降りた直後に声をかけたら、車に乗り込んで逃げてしまうってことは十分に予想できるでしょう」

「うるさい。それより、あんたはいったい何者なんだ」

下山がすごむ。

奈月は軽く頭を下げた。

「知り合いに頼まれて、佐藤さんを捜しているんです。協力しませんか。目的は同じわけですし。お互いに時間が省けると思うんです。お願いします、下山さん」

下山の顔色が変わった。

「なんで俺の名前を……」

「あなたは、従姉の水原玲子《れいこ》さんに頼まれて佐藤さんを捜している。水原さんは、佐藤さんの患者ですよね」

下山は、考え込むような目つきになった。短く刈った頭をばりばりと掻く。

「立野さんは、私のことを覚えているかもしれません。病院で見かけましたから。ともかく、この場は協力したほうがお互いのためにいいと思います。あなたは私の知らないことを知っていて、私は、あなたより人捜しが得意だと思います」

下山は舌打ちをしながらせわしなく身体をゆすっていたが、ようやく奈月の顔を見た。

「あんたが佐藤を捜している理由は？　それをまず聞かせてもらおうか」

「佐藤さんは、昔、私の知り合いと交際していました。二人の間には、息子さんがいるんです。その子は肝臓移植を必要としているんです。佐藤さんはドナーの候補でした」

「ドナーって、臓器をくれてやる人間のことか？」

「ええ。生体肝移植といって、肝臓の一部を切り取って提供するんです。もし、移植手術が間に合わなければ、息子さんは亡くなる可能性があります。もうタイムリミットが近いはずです」

下山の顔が歪んだ。

「こんなことで、嘘をつくわけがありません。他にドナーになれそうな人はいません。母親のほうはすでに一度、提供済みで、これ以上の手術には耐えられないそうですから」

下山は、しばらく目を閉じていたが、やがてうなずいた。

「分かった。ともかく捜そう。その前にちょっと待て」

下山は携帯電話を取り出すと、どこかにかけはじめた。相手は立野らしいとすぐに分かった。下山は、佐藤は佐賀に来ていないようだから、手術は別の医者にしてもらうようにしろと立野に言った。

ずいぶんと物分かりがいい。狐につままれたような気分だった。下山は電話を切ると、大きなため息をつき、空を仰ぎ見た。その様子から、彼が何か奈月の知らないことを知っているのではないかと感じた。尋ねてみようかと思ったが、その前に下山が歩き出した。

二人で肩を並べ、駅に向かった。

「ふん、俺はもともと、棚田なんかじゃなく、大下という医者に予定通りやってもらうほうがいいと思っていたんだ。玲子さんが是非にと言うから面倒なことになってな」

棚田……。初めて聞く名だった。

「佐藤さんは棚田っていうのが本名なんですか？」

下山は、はっとしたように目を瞬くと、今の名前は忘れてほしいと言った。

「おいおい、嘘だろ？」

「協力はする。でも、いろいろと複雑でね。こっちの事情に口を挟まれたくない」

「細かいところまではよいとして、佐藤さんは、なぜ逃げているんですか？」

下山は首を横に振った。

「玲子さんに、他言無用だと言われている。そこは分かってくれ」

下山の目は真剣だった。

よっぽど触れられたくないことのようだ。でも、どうしても知りたいこと、知っておくべきことが一つあった。

「一つだけ確認させてください。私たち以外に、佐藤さんを追っている人はいるんでしょうか？　それによって、私たちの取るべき行動も変わってくると思うのですが」

下山は目を合わせようとしなかった。

どうせ、そのうち明らかになるだろう。今、この場で問い詰める必要はない。

「さっきの家のことですけど、あれは佐藤さんの知り合いの家ですか？」

「ああ。柳原恵子《やなぎはらけいこ》という名前だ。佐藤はその女と連絡を取るだろうということだった」

昔の女、ということだろうか。そんなことまで知っている水原の正体をますます知りたくなるが、ぐっとこらえて尋ねた。

「それで、連絡はあったんですか？」

「家の人によると、今のところ連絡はないそうだ。棚田、いや、佐藤のことを知らないから、誰か知らない男から、というふうに尋ねてみたが、特に連絡はないと言っていた。そして、柳原恵子は今はあの家にはいない。佐賀駅の近くにあるマンションの部屋を買って独立したそうだ。住所と携帯番号は聞いておいた」

今さら悔やんでも遅いけど、下山と早い段階から行動を共にするべきだった。こんなことになったからには、佐藤があの家を再び訪れることはないだろう。となると、佐藤が柳原恵子のもとにたどり着けるかどうか。

下山、あるいは水原の予想どおりに、佐藤は柳原恵子という女性に会いに来た。網にかけるのは簡単だったと思うと、残念でならない。

「あの家の方と、下山さんに面識は？」

「ない。でも、玲子さんはこのあたりではちょっとした名士だから、玲子さんの名前を出したら簡単に教えてくれた」

「名士？」

「このへんは若い女の働き口があまりないだろう？　玲子さんは、エステの会社を手広くやっているんだが、地元の高校の生徒に奨学金を出して、エステティシャンの養成学校に通わせて、自分の店で働かせているんだ。優秀な子は、新しい店舗の店長にして、さらに実績を上げればそのまま店のオーナーになれるっていう制度を作ってな。これがなかなか評判がいい。何人かが、県内で自分の店を持ったよ。まあ、俺からみてもたいしたものだと思う。職がなくて困っていた俺に、運転手の仕事を回してくれたぐらいだし」

そろそろ駅が近くなってきた。角を曲がると、駅前に停まっているタクシーが見えた。一台だけだけど、さっき、棚田が乗っていたものと同じ会社のもののようだ。

「とりあえず、柳原さんのところに行きましょう。佐藤さんがもしも現れたら、私たちに連絡をくれるようにと言っておいたほうがいいと思います」

「ああ、なるほど。そうだな」

下山は、ほっとしたようにうなずいた。

次の電車が駅に着くまでにまだ時間があるのか、運転手は車から出て、仏頂面《ぶっちょうづら》で煙草を吸っていた。

近寄って声をかける。

「お願いします」

運転手は、下山の顔を見るとギョッとしたように目を見開いた。携帯灰皿で煙草を揉み消し、急いで運転席に戻った。

「佐賀駅のほうまで。住所は……」

下山が携帯を取り出し、さっき聞いた住所を読み上げる。

運転手はぶすっとしたまま、車を出した。

県道は混んでもいなければ、空いてもいなかったが、運転手のブレーキの使い方が雑で、車酔いしそうだ。窓を少し開けて風を入れると、奈月は運転手に話しかけた。

「さっき、おたくのタクシーに知り合いが乗っていたんです。その人がどこまで行ったか、分かるとありがたいんですが」

なるほど、というように、下山が自分の膝を叩いた。それを無視して奈月は続けた。

「待ち合わせをしていたんですが、入れ違いになってしまったんですよ。タクシーに乗っているところは見かけたんですが」

そう言うと、記憶しておいたナンバーを告げた。運転手は首を横に振る。

「個人情報がどうのこうのっていうのがあるから。それに知り合いなら、自分で連絡取ればいいでしょ」

その通りだった。口が軽い運転手だったらラッキーだ、ぐらいの気持ちで聞いてみただけだった。一応、もうひと押ししておくことにする。

「それができないからお願いしているんです。急ぎの用事なんです。私たち、わざわざ東京から出て来て……」

「悪いけど、そういうことすると、怒られるから」

「そこをなんとか、お願いできないでしょうか」

奈月は頭を下げた。

そのとき、下山が運転席と助手席の間から、身体を乗りだした。

「おい、運ちゃん、頼む。緊急の用なんだ」

野太い声で言う。

運転手はひっと声を出すと、車を急停止させた。

後続の車も急停車したようで、鋭い音がした。そして、クラクションが盛大に鳴らされた。

運転手は慌てて車を路肩に寄せた。

「お客さん！　危ないでしょうが」

振り向きながら言う。彼の目は、血走っていた。まずい。本気で怒っている。謝らなければと思って口を開く前に、下山が言った。

「そっちこそなんだよ。人が頭下げて頼んでるのに。俺を誰だか知って、やってるんだろうな」

運転手は舌打ちをすると、後部座席のドアを開けた。

「悪いけど、降りて。気分悪いから。金はいいよ」

「おいっ！」

下山が運転席の背もたれを摑んでゆすった。奈月は下山のジャケットの袖を引っ張った。こんなところでもめ事を起こしてどうする。

運転手は背もたれにふんぞり返って腕を組んだ。

これはもう、無理だろう。

奈月は助手席と運転席の間に千円札を置くと、タクシーを降りた。下山も憤懣《ふんまん》やるかたないといった顔つきでついてきた。

ドアが閉まる前に、運転手は吐き捨てた。

「もう、黒沢はいないんだ。あんたらにすごまれる筋合いはないよ」

排ガスを盛大に吐き出すと、タクシーは走り去った。下山が舌打ちをした。タクシーを拾うこともままならなそうな田舎道に丸腰で放り出されたことにようやく気がついたらしい。

「すまない。つい、かっとなっちまって」

「駅まで歩いて戻るしかないですね。その途中でタクシーが拾えたらありがたいけれど、期待はしないほうがいいと思います」

奈月はさっさと歩きだした。下山は、悪態をつきながらついてくる。

棚田は、またもや逃げてしまった自分に絶望していた。

なぜ、あんなことをしてしまったのか。

タクシーのシートに身体を沈め、声を殺して呻《うめ》いた。

「お客さん、大丈夫ですかね。スピード出したほうがよければそうするけど」

運転手が話しかけてきた。

「ああ、大丈夫です」

「さっきのは？」

「性質《たち》の悪い借金取りに追いかけられていてね。僕が立ちまわりそうなところに先回りされてしまったみたいだ」

「ふうん」

それきり運転手は黙り込んだ。

目を閉じると、痛恨の瞬間がフラッシュバックのように蘇る。

彼女の実家の前にタクシーを乗り付けた。十八年前とほぼ変わらない二階建ての様子を目にして、ほっとするような、そわそわするような不思議な気持ちになった。そして、強烈な懐かしさがこみ上げて来た。十八年という年月を一気に飛び越えて、過去に戻ってきたかんじ。

見渡すと、周囲の家や田畑の様子も、ほとんど変わっていないようだった。多少の違いはあるはずだけれど、十八年ぶりに訪れる人間がその違いを認識できるほど大きなものではなかった。

ここは、故郷だ。多感な時期を過ごし、初めて好きになった、たぶん一生で一番好きな女性の住む場所。

ようやく彼女に会える。

勇気を出せば、もっと前に会いに来られた。遅くなってしまったけれど、勇気を出せた。それが大事だと思った。

はやる気持ちを抑えながら、料金を払って車から下半身を出した。

下山に声をかけられたのはそのときだ。雷に打たれたように、全身が強張《こわば》った。

逃げなければ、逃げろ、逃げるんだ!

いつもの声が聞こえてきた次の瞬間、棚田は再びタクシーに乗り込み、「佐賀駅に戻ってください」と言っていた。

振りかえって見たら、下山は車ではなかった。大きな体を揺らしながら走ってくるのが見えたが、車にかなうはずもない。もう一人、知らない女が、すれ違いざま、タクシーの中にいる棚田を見て、両目を見開いていた。二人に待ち伏せされていたようだった。

しかし、それがなんだというのだ。

ため息と舌打ちが連続して漏れた。

彼女のことが心配だからと佐賀までやってきたのに、敵の姿を目にした瞬間、尻尾を巻いて逃げ出すなんて、どれだけ情けないんだ。本物の犬ですら、仲間を敵から守るためなら、敵に堂々と立ち向かっていくだろう。犬にも及ばない真正の負け犬。それが自分だと思った。

窓の外を田園風景が流れて行く。日差しを浴びながら、まだ若い緑色の稲が行儀よく並んでいる。のどかな光景すら、どこか神経を苛立たせる。

昨日、生まれかわりたいと思った。あのときの気持ちは嘘じゃない。でも、その気持ちを持続させることができなかった。

本来なら、あの場に留まり、下山と対峙するべきだった。

――用があるならば、聞こうじゃないか。その替わり、彼女には今後一切、関わらないでほしい。

そんなふうに、きっぱりと言うべきだった。体格には差がある。気持ちでは負けまいと思っていた。それなのに、できなかった。

逃げなければ、逃げろ、逃げるんだ!

いつもの声にせき立てられたというのは、言い訳に過ぎない。

もはや彼女の前に顔を出す勇気はなかった。世話になった挙句《あげく》、連絡を絶った。トラブルに見舞われているかもしれないのに、様子を見にも来ない。最低な男だ。男としてだけじゃない。人として最低だ。

父親のような、ヤクザまがいなことはしていなくても、ろくでなしとしか言いようがない。

佐賀駅に近くなったとき、運転手の携帯が鳴った。ちょうど信号待ちをしていたところで、運転手は電話に出た。

定年が近いと思われるその運転手は相手としばらく話をしていたが、電話を切ると、肩越しに棚田を振り返った。

「さっきの借金取りね。お客さんの知り合いのところに押しかけるみたいですよ」

「えっ？」

意味が分からず、聞き返す。

「ウチの会社のものが、さっきの家の最寄り駅から乗せたらしいんです。男と女の二人連れ。連中はこの車のナンバーを覚えていて、お客さんがどこまで行ったのか教えろって、しつこく聞いてきたんだって。気の荒い運転手だったから、切れちゃって、途中で下ろしたそうだけど」

追って来るのか……。

もう、どうにでもなれという気分になってきた。捕まるかもしれないということよりも、どうしようもない人間だと自分に烙印《らくいん》を押さざるを得なかったことがショックだ。

「まあ、そういうことがあったから、気をつけるようにっていう連絡だった」

「ありがとうございます」

あちこちにふらふらと揺れる感情を抑えながら言う。それでも、声が震えていた。

運転手は諭すように続けた。

「まあ、気持ちは分かる。俺も二十年ぐらい前に、借金をこさえて逃げたことあるからね。結局、逃げ切れなくて親に迷惑をかけたよ」

なんと返していいのか分からず、沈黙する。信号が変わった。運転手は交差点を渡ると、しばらく進み、車を路肩に寄せて止めた。

「余計なおせっかいだとは思うけど、これも何かの縁だ。ひと言、言わせてもらおうか。お客さん、逃げないほうがいいよ。借金取りはしつこい。地獄の底まで追って来る気がある連中から逃げ切るなんて無理なんだ。そういうことをすると、周りが辛い目に遭う。その知り合いが、男か女かは知らないけれど、迷惑をかけちゃいけない」

「その知り合いというのは？　心当たりがないんですが」

気になったので、尋ねてみた。

運転手はフロントガラス越しに、タイルがまだ新しいかんじのマンションを指差した。グレーのタイル張りの八階建てだ。

「連中はあのマンションに行く途中だったんだって。お客さんの知り合い、あそこに住んでいるんだろ？　そこに今度は行くつもりだよ。悪いことは言わない。まず、その人に電話することだな。そして、借金取りとは、あんたが対峙する」

あのマンションに誰が住んでいるというのか。

心臓が激しく拍動を始めた。下山は棚田を追っている。その彼が行くとしたら、棚田と関係がありそうな人物のところであることは容易に予想がつく。
そして、そんな人は彼女一人しかいないはずだった。
これは……。天が与えてくれた最後のチャンスとしか思えなかった。
運転手がさっき指差したマンションを見上げる。
彼女は実家を出て、マンション住まいをしているということか。十分に考えられること
だった。棚田と同い年だから、もう実家にいるほうが可能性としては低い。
そして、今、そのマンションは棚田の視界に入っていた。三分も歩けば、エントランス
に着くだろう。
体中の血液が逆流するような興奮を覚えながら棚田は運転席の背もたれを摑んだ。
「運転手さん、あのマンションまでお願いします」
運転手が勢いよくエンジンキーを回した。
「それがいい」
料金を払ってタクシーを降りると、棚田はガラスの扉を押してエントランスに飛び込ん
だ。そこから先は、オートロックになっていた。部屋番号が分からなければどうしようも
ない。
郵便受けのネームプレートを確認していく。八階建てで一つの階に十二部屋。そこそこ
の規模で、エントランスに洒落た造花が飾ってあるところを見ると、おそらく分譲だ。

そのとき、棚田の視線が彼女の名前を捉えた。

柳原恵子。

そっと発音してみたら、胸が締め付けられるような気持ちになった。一刻も早く彼女に会いたかった。会う必要があった。下山たちが、何の目的か定かではないが、彼女の部屋に向かっている。

部屋は八〇一号室だった。オートロックのパネルの前に戻ると、震える指でボタンを押した。軽やかなチャイムが鳴った。応答はなかった。祈るような思いで、もう一度ボタンを押す。

相手がインターフォンを持ちあげる気配があった。心臓が大きく跳ね上がる。

「はい……」

スピーカーから聞こえてくる声に全神経を集中する。彼女の声だ。間違いない。

棚田は声を振り絞った。

「棚田です……」

自分の声が、自分のものではないように震えている。

「えっ……」

もう一度、今度はフルネームで自分の名前を繰り返す。

「少しだけでいいから会いたいんだ。何か起きているんじゃないかって、心配で……」

「何、どういうこと？　なんでいきなりここに？」

恵子は少女のようにおろおろとしていたが、すぐに落ち着きを取り戻した。

「とにかく、上がって。今、開けるわね」

インターフォンが切れ、目の前のガラス戸がするすると開いた。

それは、新しい人生への第一歩のように棚田には思えた。

「弘志君」

自宅のドアを開けるなり、恵子は両手を口元に当てた。棚田を見つめる目が、みるみるうちに潤んでいく。恵子は相応の年を取っていた。でも、意志が強そうな目や、ふっくらとした唇は当時とほとんど変わらない。

「信じられない。いったい何年ぶりかしら……。どうしてここに？」

棚田の胸にも万感の思いが込み上げた。目を強く瞬いて、溢れそうになる涙を押し戻す。

彼女のことを忘れたことはなかった。思い出すと、自分の身勝手さが申し訳なくなるからなるべく思い出さないようにしていたけれど、いつも胸の中に面影はあった。

その人が今、目の前にいる。そのことが信じられない。手を伸ばして、頬に触りたいという誘惑に駆られる。

「ともかく、入って」

恵子は自分を落ち着かせるように深呼吸をした。背筋をまっすぐにのばして、廊下をまっすぐに歩いて行く。

昔もこうだった。優しいけれど、しっかりものの恵子は、いつもこうやって棚田の前を歩いていた。

廊下の突き当たりにあるガラスのドアを開けると、その先は、日当たりのよい広々とした部屋になっていた。天板の木目が美しい四人掛けのダイニングテーブル、白いソファ。窓際には、観葉植物の大きな鉢が置かれている。裕福な暮らしを思わせる部屋で、そのことが棚田をほっとさせた。

ダイニングテーブルに着くように言うと、恵子は冷蔵庫からアイスティーのポットを取り出し、テーブルでグラスに注いだ。手が震えるのか、アイスティーが少しテーブルにこぼれた。

「どうぞ」

それを棚田の前に置くと、自分は棚田の正面に腰を下ろした。

「驚いたわ。突然、現れるなんて思ってもいなかったから。今も心臓がドキドキしてる」

「驚かせてしまって悪かった」

「それより、今までどこでどうしていたの？」

「うん。実は、その話の前に、確かめておきたいことがあるんだ。だから、危険を承知でここまで来た。あの連中に何かされていないか?」

恵子が首をかしげる。

「あの連中って?」

「決まっているじゃないか。黒沢たちのことだよ。俺を追っている」

「えっ、黒沢。私は別に……」

「隠さなくていいんだよ。俺は、恵子の力になるつもりで、戻って来たんだから」

さっき、恵子の実家の前で、尻尾を巻いて逃げたのは内緒だ。こういうときぐらい、格好をつけてみたい。

「ちょっと待って。弘志君が何の話をしているのか、私にはさっぱり分からないわ。落ち着いて」

恵子は、手を伸ばして、棚田がテーブルの上に出していた指を握った。昔もそんなふうにしてくれたことがあった。いつも優しい気持ちになった。今もそうだ。

恵子はゆったりと言う。

「何か突発的なことがあると混乱してしまうのよね。最初から話して。それとも、私が質問しようかな。弘志君は、黒沢の一味があなたを追っている、そういうことを言いたいのよね」

棚田はうなずいた。

「連中は、俺を東京まで捜しに来たんだ。大阪の後はずっと、東京にいたんだけど……」

「どうして東京の居場所が分かったの？　誰にも分からないはずだって、大阪を出るときに言っていたわよね。東京って広いし……」

「油断してしまったんだ。来月、福岡でシンポジウムに出ることになって、福岡の公共施設なんかで配られているチラシやインターネットに、俺の写真が出回ってしまった。勤務先が書いてあるから、見つけられてしまったようなんだ」

「実際に誰か来たの？」

「ああ。覚えているかな。下山というラグビー部だったごつい男。黒沢の子分というか、親友というか、そういう立場の乱暴なやつ。そいつが、自宅の近くで俺を待ち伏せていた。声をかけられたので、咄嗟に殴って逃げた。下山は、黒沢に頼まれて俺を捕まえに来たはずだ。捕まったらお終いだと思った。それで、阿倍野に行った」

「大阪にいたときに、弘志君が住んでいた町ね」

　棚田はうなずいた。

「そこが肝心なんだ。下山は、阿倍野まで俺を追って来た」

「それは……。どういうこと？　どうして分かったの？」

　棚田は出来るだけ優しい目付きをしようとした。だが、恵子ははっとしたようにうつむいた。

「私が、情報を漏らしたと疑われているということなのかしら」

少し怒ったような声だった。棚田は慌てて言う。

「誤解しないでほしい。俺は恵子に文句を言いに来たんじゃない。むしろ、心配だから来たんだ。恵子が俺のことをヤツらに話したとしたら、それは恵子がのっぴきならない事態に追い込まれているからじゃないかって……。だとしたら、力になりたい」

困惑するように、恵子は視線を落とした。

「よく分からないのだけど……。あの連中とトラブルなんてないし、あなたのことをあの人たちに話したこともないわ」

「でも、だったらなぜ下山は阿倍野に現れるんだ？　あまりにもピンポイントすぎるんだよ」

「それは……。心当たりはあるわ」

「心当たり？　というと、誰かに俺のことをしゃべったの？」

恵子はうなずいた。

いったい誰に？

思い当たる人物がいなかった。親友などいない。教師とも仲が良かったわけじゃない。

もしかして警察か？

だが、恵子は静かに言った。

「私、あなたが大阪にいた頃、あなたのことをお義母さまに話したの」

「なぜ！」

思わず叫んでいた。

でも、これではっきりした。下山は、あの女の従弟だった。あの女が下山に教え、下山が黒沢に。そして、黒沢が下山を追手として差し向けて来たのだ。

深呼吸をして気持ちを落ち着ける。

「大きな声を出してすまない。でも、なぜあの女に俺のことを？」

義母とは十八年前以来、一度も連絡を取っていない。取りたくもなかった。向こうだって同じだろう。父が起こした事件の前も、棚田と彼女は、お互いを嫌い合っていた。

「聞かれたときに、知らないって嘘をつけなかったの。お義母さまは、あなたのことを本当に心配していたから」

「そんなの嘘だ。恵子は人がいいから騙されたんだよ。あの女は、黒沢に取り入ろうと思ったんだろう。俺の居場所を手土産に、黒沢にすり寄って美味しい目にあいたいっていうだけのことだ」

「そういう汚い言葉をあの人に対して、使うのは失礼よ」

恵子がやんわりと棚田をたしなめた。

「それに、嘘じゃないっていう証拠もあるわ。私、大阪に何度かお金を送ったでしょう？

あれは、お義母さまが出してくださったものなのよ。あの事件の後、ずいぶん辛い生活をなさっていてね。スーパーのレジ打ちとスナックの手伝いを掛け持ちしてね。やつれてぼろぼろになった姿で、私にお金を持ってくるんだもの。送りますって言わないわけにはいかなかったわ。あなたの話も確かにしたわ。お義母さまは、絶対、誰にも言わないって約束してくれたし。でも、なんで追われていると思うの？　なんで逃げなきゃいけないの？　そっちのほうが私にはさっぱり分からない」

棚田は恵子をまじまじと見つめた。

「分からない？　何を言ってるんだ。だって、当たり前じゃないか。俺は、黒沢の親父を殺した男の息子だぞ」

「昔のことでしょ」

「時間は経った。でも、水に流してくれるようなヤツじゃないだろう、黒沢は。親父の借金のこともあるし」

だから、逃げなければならないのだ。

ずっと封印してきたはずの、十八年前の人生最悪の日が脳裏によみがえり、棚田は呻《うめ》いた。

九州大学の医学部に入って三年目の夏休みだった。父親の顔など見たくなかった。実家に取りに行くものがあっただけだ。それが何だったのかは、覚えていない。たぶん、つまらないものだったのだろう。

暴力団まがいの不動産取引で財をなし、外に何人も女を作っている父のことは、小学生の頃から軽蔑しきっていた。九歳の頃、棚田の実母が病気で倒れても、父親の女遊びは収まる気配がなかった。それどころか、母が入院したのを機に、あの玲子という女を家に入れたのだ。翌年母は亡くなった。

棚田が高校に入ると、父はアパートを借りてくれた。九大の医学部に合格し、佐賀を出た。高校の頃から付き合っていた恵子を残していくのは心残りだったが、彼女も地元の短大を卒業したら、福岡に出てくる予定になっていた。

そして、佐賀とも実家とも縁を切り、二人で生きて行くはずだったのだ。

それなのにあの日……。

実家の前には、見なれないベンツが停まっていた。中に運転手らしい男がいた。目付きから、まともな人間ではないとすぐに分かった。

父のもとにろくでもない来客があるのだろう。男は棚田のことを知っているようで、目礼を投げかけて来た。それを無視すると、合鍵で中に入り、玄関脇の階段を上り二階の自室に向かおうとした。父にも客にもあの女にも会いたくなかった。

階段に足をかけたときに、呻き声が聞こえた。弱々しい男の声だった。言葉を発しているようではなかったが、気になって、居間に入った瞬間、棚田の全身から血の気が引いた。

白髪の男が紺の着物の胸のあたりに短刀《どす》を突き刺され、呻いていた。おびただしい量の血が、クリーム色の絨毯《じゅうたん》に流れ出していた。血の臭いが鼻をついた。思わずその場に膝をついて、吐きそうになった。

男の脇で、返り血をあびた和服姿の父が放心したような表情を浮かべて立っていた。

父が男を刺してしまっていた。相手が助かるとは思えない。

そういう状況なのだと理解するのに十秒ほどかかった。

父は棚田を見ると、はっとしたように身体を強張《こわば》らせた。そして、泣きそうな目をしたのだった。あんな父の顔を見たのは初めてだった。

「たぶん、助からん。脅《おど》されたんだ。それで、カッとなって短刀を奪って、刺してしまった」

父は男の胸に刺さった短刀を見やった。

そんなことは見れば分かる。腹立たしく思いながら、棚田はうなずいた。父は、喉仏《のどぼとけ》を大きく上下させた。

ともかく、警察を呼ばなければならないと思った。

父が刺したのは、黒沢英之《ひでゆき》という地元のヤクザだった。地元で絶対的な権力を握っており、父の仕事仲間でもあった。高校のとき、棚田をメチャクチャ殴った黒沢竜次の父でもあった。

　父は抑揚《よくよう》のない声で続けた。

「お前、逃げろ」

「そんな……。警察を呼ぼう」

「いや、逃げるんだ」

　父は、やけにきっぱりと言った。

「黒沢のガキはお前を狙うだろう。命が危ない」

　黒沢のガキ。

　その言葉は、返り血をあびた父と短刀の刺さった男を目の当たりにしたときよりも、強い恐怖を棚田の胸に呼び起こした。高校のとき、誤解を受けて、半殺しの目に遭った。あのとき、黒沢は本気で殺すつもりだったと思う。

　しかし、事情がよく分からない。黒沢の息子にとって、自分は親の敵の子、ということになるだろう。半殺しの目に遭わされたことがあるぐらいで、凶暴でもある。でも、まさか命を狙うなど……。

「なんで竜次が僕を？」

「黒沢に金を借りている。ここのところ、事業が失敗続きですっからかんだったからな。お前にかけた生命保険が担保だ」

絶句するほかなかった。

父は、次第に頭がはっきりしてきたようで、嚙んで含めるように言った。

「黒沢が事故に見せかけてお前を殺して、保険金を取ろうとしていると小耳に挟んだ。息子がすでに動き回っているとか。信じられなかったから、話を聞こうと呼んだら……」

父は、唇を歪めた。

その通りだったということか。

だとすると、父の心配は杞憂ではないかもしれない。そもそも、相手はあの黒沢竜次だ。何をしでかすか分からない男に、自分は狙われる理由がある。髪の毛が逆立ちそうな恐怖を覚えた。

血の臭い。血の染み。そして、突き立てられた短刀。すべてが、嘘であってほしい。でも、嘘じゃない。

天井がぐるぐると回り出しそうだ。

そのとき、家のそばに新たな車が停まる音がした。

「早く行け。勝手口から裏へ出るんだ。佐賀を離れろ。福岡にも戻るな」

父はそう言うと、倒れている黒沢の父親のそばにしゃがんだ。

いつの間にか、黒沢の父親はこと切れたようで、ぴくりとも動かなかった。染みがいくつも浮かんだ顔を歪め、虚空《こくう》をにらんでいる。

その胸から血にまみれた短刀を抜き出すと、父はゆっくりと立ち上がった。

チャイムが鳴った。

「迷惑をかけてすまない」

父が言った。初めて聞く、父親らしい言葉だったが、それは棚田を逆上《ぎゃくじょう》させた。

だが、父に投げつける言葉は何一つ出てこなかった。

吐き気がするほどの怒りを感じたが、ふらふらとする足取りで、部屋を出て行く父を黙って見送った。

玄関で人の声がした。黒沢の息子のものだったか、今となっては分からないが、そのときは確かにそう聞こえた。次の瞬間、あの声が聞こえた。

逃げなければ、逃げろ、逃げるんだ！

——弘志ちゃん、逃げてくれないと……。

今まで聞こえなかったことのほうが不思議だった。

幸い、裏口には人はいなかった。

履物《はきもの》は父親の下駄しかなかった。靴下を脱いで丸めてポケットに入れると、棚田は一目散に家から逃げ出した。

棚田が姿を消したことを警察は不審がったものの、黒沢殺しの犯人は明らかだったため、近所の目を気にして街を出たものと結論づけた。大学でも同じように考えたようだ。

思い出すだけで、頭がおかしくなりそうだ。その後、父があの短刀で自殺して果てたと知った。

昔の記憶の生々しさに耐えかねて胸を押さえていると、恵子が静かに言った。

「黒沢竜次は一昨年、心筋梗塞《しんきんこうそく》か何かで亡くなったの。最近では、仲間もほとんどいなかったみたいだし、あなたを追ったりしないと思う」

死んだ？　あの黒沢が？　とても信じられない。

「嘘だろ」

恵子は痛ましげな目をしてうなずいた。

「やっぱり、知らなかったのね……。知らせたかったけれど、どこで何をしているのか分からなかったものだから。それに、もう十八年も経ったのよ。いくらなんでも……」

全身から力が抜けて行くようだった。あんなにも恐れていた相手がすでにこの世にいないとは。自分はあの男の影におびえ、この数日間、逃げ回っていたということか。そんな馬鹿な……。

「ともかく、黒沢に追われているということはないわ。安心しても大丈夫。私にはなんとなく、何が起きているのか分かるし」

「ど、どういう意味だよ。というか、教えてくれ。俺には何がなんだかさっぱり……」

「その前に、弘志君、どうしてたの？　東京でお医者さんになれたの？　連絡が取れなくなってからも、何年もあなたのことを待っていたんだよ。最後の電話のとき、弘志君の話し方から、ああ、これで終わりにするつもりなんだなあって分かった。私も、どうしていいか分からなかったし、ついて行くっていう勇気もなかった。だから、あのときの別れ方に納得していたつもりなんだけど、やっぱりそう簡単に割り切れなくてね。もしかしたら、弘志君から連絡がくるかもしれないって、待ってた」

棚田の胸が痛んだ。

やはりという思い、まさかという思い。両方がめまぐるしく交錯する。

「三十歳のときに諦めてお見合いをして結婚したけど、すぐに駄目になっちゃってね。子どもにも恵まれなかった」

「このマンションは？」

「去年、父が亡くなったの。遺産を整理するときに、兄が買ってくれた。いい年をした小姑がいつまでも実家にいたら迷惑だからでしょうけど。短大を出るときに保母の資格を取ったから、それで仕事は続けているけれど、幸せとは言えないわね。納得はしてる。でも、私は、あなたのその後のことを知りたいわ」

そういえば、弓枝も同じことを言っていた。空白、というものが女には気になるものなのだろうか。

逆に言えば、彼女たちの過去に空白を作ってしまったのは棚田自身だった。

「医者になれた。恵子が応援してくれたおかげだ。大阪にいたころは、黒沢に怯えていたし、一人ぼっちで、いつも心が折れそうだった。恵子が職場にかけてくれる電話や、地元の人にバレないように、わざわざ福岡で投函《とうかん》してくれた手紙が、どんなにありがたかったか……。もちろん、お金も助かった」

それが義母の出したものだと知っていたら、自分は使っていたかどうか分からないが、そのことは言わなくてもいい。

恵子は目を丸くした。

「でも、どうやって？　医学部に入って通うには、お金がかかるし、第一、身分証明書が取れないから無理だって言ってたじゃない。東京に出たからって、そううまくいくとは思えなかったんだけど」

「うん……」

この際、打ち明けてしまおうと思った。知りたがっていることを話す。それは、傷つけてしまった女性に対する最低限の礼儀という気がした。

「パチンコ屋に勤めていたとき、隣の部屋に住んでる男が死んだんだ。アルコールと薬をやってる馬鹿な男で、急性中毒だったようだ。朦朧《もうろう》としながら、救急車を呼んでくれって言ってウチに来たんだけど、その場で泡を吹いて、そのまま動かなくなった」

佐藤基樹というのがその男の名前だった。

日雇い仕事をやっており、前科こそないようだったが、ろくでもない男で棚田にも金をたかろうとした。

佐藤は、しばしば酔っ払って、棚田の部屋に一緒に飲もうとやってきた。年齢が同じだったので勝手に親近感を抱いたらしい。部屋に入れたくはなかったが、居留守を決め込もうとするとドアを叩き続けるので、何度か入れたことがある。

彼の話によると、出身地は埼玉県の美里町。群馬との県境に近いらしい。

母親は飲んだくれで、廃人同然だし、親戚も自分のことには関心がないのだという。自分は本家の養子となるべく育てられたが、その家がろくでもない家だったから、中学卒業と同時に飛び出してやったという。農家のくせに格好をつけたがる馬鹿なじいさんと、おろおろするばかりで料理が下手なばあさん、と本家夫婦のことを悪しざまにののしっていたが、ろくでもない親戚の子を引き取り、迷惑していたのは彼らのほうだろうと思ったものだ。

いずれにせよ、「天涯《てんがい》孤独の身」というのが、その佐藤基樹のよく好んで使う言葉だった。だが、彼は帰ろうと思えば帰れた。帰りようがない自分のほうがきついのに、自慢話をされているようで腹が立った。彼は、棚田にそれらのものがないことに薄々と気づいており、自分より下の人間を見下すために、そういう話をわざとしている節もあった。

そのときの記憶があったので、彼になりすませるのではないか、と思ったのだ。まさか殺すわけにはいかないが、こうして自分で死んでくれたのだから、チャンスではなかろうか。

彼の職は、現在日雇いだ。仕事に来なくなっても誰も気にしない。アパートについてもたぶん問題ない。近所づきあいはほとんどないし、大家は大阪にいない。不動産屋の入居用書類にも彼の写真はないはずだ。棚田自身は、金を前払いして、身分証明書なしで入居させてもらった。佐藤も、同じだと言っていた。

そして、彼は棚田にとっては、喉から手が出るほどほしいものを持っていた。戸籍と国民健康保険証。

健康保険証は病気をしたとき、支払いがどうにもならなくなり、また、身分証明書がないと不便なので、本家のババアに泣きついて送ってもらったのだと言っていた。そのときに、住民票の異動も済ませたらしい。

それらのことに気づくなり、棚田はコンビニエンスストアに走って、軍手を買った。それをつけて彼の部屋に入り、私物を漁《あさ》った。

すぐに財布が見つかった。震える手でそれを開けると、健康保険証が見つかった。ただ戸籍となると本籍地が必要だった。部屋中の引出しを注意深く探った結果、一枚の紙を見つけたときには、狂喜《きょうき》した。それは、住民票の写しだった。発行日は一か月ほど前。そういえば彼は原付の免許を取るのだとか言っていた。本籍まで記載されている。これで、なんとかなるかもしれないと思った。

当時、新たな身分が喉から手が出るほどほしかった。

戸籍と保険証さえ手に入れば、写真付きの証明書、具体的にはパスポートを手に入れる方法はありそうな気がしていた。いろいろと調べた結果、パスポートを取得するには、戸籍抄本《しょうほん》、住民票のほか、写真付きの身分証明書、あるいはその他の身分証明書二点が必要だった。保険証があれば、印鑑登録証明書は取得できそうな気がしていた。

問題は、本家が彼の失踪《しっそう》届を出していた場合だ。そこはどうしても賭けになってしまうが、正式な養子縁組はまだのようだったし、家出した親戚の子の失踪届をわざわざ出すものだろうか。しかも、健康保険証を送ってやるなど、一応、面倒は見ているのだ。

やってみよう、とそのとき思った。人生をやり直すには、それしか残されていなかった。

冬場で死体が傷みにくいということも、棚田の気持ちを後押しした。

佐藤の死体を自分の部屋に残し、身の回りのものをいくつか持って、棚田は佐藤の部屋に移った。

アパートを退去する時期が問題だった。死体があった部屋の隣の住人が死体が発見される前に姿を消していたら、余計な疑いを招く恐れがあると思ったので、四日ほど後に、

「何かが腐っているような臭いがする」と警察に連絡したのだった。

「田中宏」の遺体が運び出された翌日、棚田は「気持ちが悪い」と言って、不動産会社に部屋の解約を申し出た。「田中宏」は、入居時の書類のほか、身分が分かるものを持っていなかったので、おそらくは身元不明の遺体として扱われたと思われる。

一週間ほど、ニュースに神経をとがらせた。事が露見したり、あるいは、田中宏が自業自得とも言える薬物中毒ではなく、他殺であると疑われたりしたら、まずい。しかし、そういうこともなかった。別のアパートを借り、印鑑証明を作り、美里町から戸籍抄本を取り寄せた。それらを持って晴れてパスポートを申請した。外国に行く予定などなかったが、これで自分は生まれ変わったのだと思った。それは恵子と別れる、ということでもあった。このままでは本人のためにならないというのは勝手な言い分で、恨まれても仕方ないと思った。

そこまで話を聞くと、恵子は悲しげに顔を伏せた。

「どうしてそこまでしたの？　何年か経ったら、黒沢だってあなたのことを忘れたかもしれないじゃない。それを待っていてもよかったんじゃない？　そうしたら、私たちのことだって」

「申し訳ない……。黒沢のことが怖くてたまらなかったんだ。大阪に出れば安心ってものでもない気がして、いつも怯えていた。それに、どうしても医者になりたかった。黒沢ってしつこいだろう？　いつになったら俺のことを忘れてくれるか分からない。そうこうしているうちに、年をとって、医者になるチャンスを逃してしまうかもしれない。恵子に対してひどいことをしているということは分かっていたけれど、自分の気持ちを抑えられなかった」

「私より、医者になることを選んだ、ということよね」

「すまない」

謝るほかなかった。

自分という人間が、これまで踏みつけにしてきた人たちのことを思うと、心が痛む。どうやってこれから償《つぐな》えばよいのか。

いや、その前に、そういうことをこれまで考えてこなかった自分が、あまりにも身勝手で情けなくなる。

恵子はしばらく黙っていたが、やがてぽつりと言った。

「ともかく、戻ったほうがいいんじゃない？　黒沢に追われているわけではないんだし。お医者さんだったら、こんなふうに仕事を休んだらまずいんじゃないの？」

「あ、ああ。でも、なんで下山は俺のことを追っているんだろうな。さっき、何が起きているか分かるとか言ってなかったか？」

「ああ、そのことね。まだ分からないの？　お義母さんに決まっているじゃない。下山さんは、あの人の従弟でしょう？　お義母さんに言われて、東京に行ったのに決まってる。弘志君が東京に行ってしまってからも、ずいぶん捜していたみたいよ。私は結婚したから、諦めてしまったけれど」

棚田は顔をしかめた。信じられない。だいたい、なぜあの女が自分に会いたがるのか。

「そんなわけがないだろう。それに、金がなかったんだろ？　どうやって東京に……」

「ああ、そのことね。お義母さんは、十年ほど前に再婚されたの。水原っていう名前になったわ。ご主人がエステチェーンのオーナーだったんだけど、もう亡くなって、今ではあの人が社長をやってらっしゃるの。それも知らなかったのね」

水原……。水原玲子。

どこかで聞いたような覚えがある名前だった。しかも、最近のことだ。

記憶の糸を手繰っていると、チャイムが鳴った。

恵子が立ち上がり、インターフォン越しにしばらく小声で話していたが、ボタンを押して受話器を手でふさぎ、棚田を振り返った。

「下山さんが来たわ。やっぱり私の思った通りだった。あなたのお義母さん、つまり、水原玲子さんの依頼で、あなたを捜しているそうよ。お義母さんは、入院されているとか……」

入院。

その言葉で、ひらめいた。思わずその場に立ち上がる。

水原玲子。それは、突然、主治医をやって、手術も執刀してくれと言いだした老婦人だった。ずっと大下が診察していたから、顔を合わせたことはなく、カルテをちらっと見たぐらいだ。

あれが、あれがあの女だったのか……。

自分が逃げ回っていた相手が、義母であり、患者だった。このことをなんと考えてよいものか分からず、棚田は呆けたような状態で立ちつくした。

「もう一人いるんだって。鹿川さんという方。あなたと面識はないけれど、増田さんの知人ですって」

遼子が……。ということは、息子に何か異変でも起きたのだろうか。にわかに不安に襲われた。重症の肝臓病は、容態がいつ急変してもおかしくなかった。会ったことがないから情というものはわかない。それでも自分に親としての責任があることは分かった。

「会う。二人に会うよ。この部屋に来てもらって構わないだろうか」

「ええ」

恵子はそう言うと、オートロックを解除した。

椅子に座り直すと、棚田は目を閉じた。

存在しない黒沢の影に怯えながら、逃げる必要がないのに逃げていたとは、あまりにお粗末だった。この間に息子に何かあったら悔やんでも悔やみ切れない。

それに職場にもこんなことで迷惑をかけるなんて、情けなくて涙が出そうだ。

それでも、二つ分かったことがある。

黒沢から逃げる必要はなくなった。もう怯えなくていい。

しかし、これからは自分の過去と向き合う作業が待っている。それは逃げるより大変かもしれない。

玄関のチャイムが鳴った。

恵子が軽やかな足取りで、廊下を歩いて行った。

柳原恵子に案内されて、彼女のリビングルームに入ると、棚田弘志がゆっくりと立ち上がった。なんだか放心しているようだ。写真より少し老けているけれど、なかなかハンサムだ。さすがに疲れているようで、目の下には大きなクマがあった。

聞きたいことはいくらでもあった。でも、依頼人からの伝言が最優先だ。

名乗るやいなや、奈月は切りだした。

「増田遼子さんから頼まれて、佐藤さんのことをずっと捜していました。雄樹君の容態が相当に悪いようなんです。一刻も早い手術が必要だということです。東京に戻ってやってくれませんか?」

棚田の目に急速に光が戻ってきた。

「そ、それは……。あなたは事情を知っているということですよね」

「ええ。だから毎日連絡を取っています」

「僕が以前、聞いた話では、親子鑑定をして、息子だということが確実になったらドナーにということでしたが」

「状況が変わったんです。それなのに、あなたと連絡が取れなくて、伝えようがなかったんです。なんだったら、ここから彼女に連絡をしてください。彼女は自分でもう一度、ドナーをやるとお医者さんに食い下がっているみたいで、心配なんです」

棚田は、激しく首を横に振った。

「駄目だ。それは危険すぎる。彼女は前の移植で具合を悪くしていると言っていた。医者として、勧められない」

「危険を承知でも、そうしてしまうのが親っていうものらしいですね。とにかく、連絡をお願いします。携帯を持っていないのなら、私のを貸しますから」

奈月はそう言うと、自分の携帯を取り出し、遼子の番号を検索して棚田に渡した。通話ボタンを押せば、つながるはずだ。

「隣の部屋で話していいわよ」

恵子が言い、棚田は書斎のような小部屋に向かった。

彼の背中を見送りながら、奈月は心底、ほっとした。

よかった。これで、遼子の依頼に応えることができた。たぶん、間に合う。臓器売買に手を染めてまで、息子を救いたいという、狂気のような遼子の気持ちが収まるといいのだけれど。

「あの人には、子ども、がいるんですね」

恵子が尋ねてきた。ここまで話してしまったのだから、構わないだろう。

「ええ。結婚はされていないようですが」

恵子は複雑な表情を浮かべながらうなずいた。

そのとき、隣の部屋から悲痛な声が聞こえてきた。

「申し訳なかった。本当に、何もかもが申し訳ない。謝って許されることではないと分かっているけど、できることはなんでもする」

棚田は、泣いているようだった。

泣いて許されるものではないと奈月は思う。ドナーを引き受けたからと言って、罪が帳消しになるわけではない。

いろいろと事情はあるようだが、棚田という男が、許せなかった。

棚田は五分ほどでリビングルームに戻って来た。

「雄樹君、どうでしたか？」

「小康状態が続いているそうです。これから福岡に電車で出て飛行機で羽田《はねだ》に戻ります。そこから直接、雄樹の入院している病院に行くことにしました。可能な限り、早く検査を受けて、ドナーになりたいと思います。たぶん大丈夫だと思います。親子鑑定がどうこうと言いましたが、時期を考えたら、雄樹が僕の息子であることはほぼ間違いありませんから」

下山が叫んだ。

「よかった！」

目には涙さえ滲んでいる。

「申し訳なかった。俺の不注意だ。もうちょっとましな声のかけかたってものがあったよな。お前と俺との昔の関係のことを思えばなおさらだ。玲子さんのために、お前を捜していたんだが……」

「どういうことですか？」

下山が頭を下げた。

「面目ない。こいつ、いや、佐藤先生が逃げ出す原因を作ったのは俺なんだ。誤解されるような声のかけかたをして……」

棚田はうっすらと笑った。

「僕も過剰反応してしまった。てっきり、黒沢が僕を捜していると思ったものだから。あのときはすみませんでした。その後、頭は、大丈夫ですか?」

「ああ、なんともないよ。それより、黒沢なあ。死んじまったやつのことを悪く言うのはどうかと思うが、あいつは本当にろくでもなかったな。いくつになってもあの調子で。俺は何年か前から、まともにやってる。それでも、なかなか働き口がなくて、玲子さんの会社で世話になってるんだ。お前が東京で医者になってるって知って、仰天したぞ。玲子さんは、大下とかいう名医の手術を受けるために、あの病院に行ったんだ。そうしたら、同じ病院の同じ診療科にお前がいたって興奮気味に連絡してきたんだ。そして、お前の手術を受けたいと言い始めたんだ。念のために本人かどうか確認してほしいと言うから俺は……」

口の端に泡を溜めながら、下山はまくしたてた。

なるほど、と奈月は思った。

なぜ、下山が協力的だったのか、不思議だったのだ。彼が、この逃亡劇の発端だったのだ。

「でも、あの人は、なぜ、僕の執刀を望んでいるんでしょうか」

棚田がやや硬い表情で下山に尋ねた。下山も首をひねる。

「さあな。でも、お前のことをいつも心配していた」

「血はつながっていないし、僕のほうは、あの人のことをあんなに嫌っていたのに？　第一、大下先生のほうがよっぽど名医だ」

「うん、不思議だよなあ」

自分が、あの人のことを誤解していたのだろうか。

「あの人の考えることはよく分からない。身内ながらたいした女だと思うけどな。昔は、ただの水商売の女だったけど、今じゃ中堅企業の社長さまだ。地域雇用の創出に貢献してるってことで、地元での評判もいい。お前、一度もちゃんとしゃべったことないだろう？　一度、会ってみるといいよ」

当時は母親が不憫《ふびん》でならなかったから、目が曇っていたのかもしれない。多感な時期でもあったし、父の行動がひどすぎたということもある。

「あの人の手術はどうなりましたか？」

「大下先生が明日の午後にやってくださるそうだ。俺はそのほうがいいと思ってる。早いほうがいいのはもちろん、身内による手術ってなんだか複雑な気分になる。万一のことがあるしな」

「そうですね……」

棚田は、唇をじっと噛んでいたが、顔を上げると言った。

「もし許されるならば、僕もオペに立ち会いたい」

この分ならば、遼子の願いは叶う。

これ以上、自分にできることはない。自分の仕事は終わったのだ。

しかし、やっぱり棚田が許せない。奈月は口を開いた。

「さっき、遼子さんに謝っていたみたいだけど」

棚田は小さくうなずいた。

「謝って許されることではないと思いますが」

「当たり前でしょう。あなたのせいで彼女は、人生が変わってしまったんですよ。彼女だけじゃない。弓枝さんも、恵子さんもそうです。あなたは彼女たちをいいように利用して、裏切った。ドナーになったら、責任を果たしたことになるとか、そういう安直なことを考えてもらっては困ります。落とし前というものをつけないと」

叩きつけるように言う。

もっと言ってやりたいと思うのだが、怒りでそれ以上の言葉が出てこなかった。

棚田は蒼白《そうはく》な顔でうつむいていた。

胸がムカムカとしてくる。

柳原恵子が、なだめるようにほほえみかけてきた。

「おっしゃる通り、身勝手すぎるわよね。ただ、落とし前というのは、どうかしら。遼子さんと息子さんについては、責任を持つのが筋だと思う。でも、私はこうして再会できただけで十分。償ってほしいとか、そういうことは思わない。あの経験も含めて、今の自分があるから」

そういうものなのだろうか。

分かるようで分からない。少なくとも、自分はそんなふうに寛容にはなれないような気がする。

「そろそろ特急の時間よ。駅に急いだほうがいいんじゃない?」

柳原恵子が言った。

6章 出立《しゅったつ》

北原総合病院への道を、汗をかきながら奈月は歩いていた。今年の夏は暑い。そして、かなり汗をかくことになりそうだ。

七月に入ったのを機に、奈月は就職口を探すことにしていた。志望は探偵だ。警察には戻れないけれど、探偵事務所なら雇ってくれるのではないだろうか。

できれば、浮気調査ばかりの事務所ではないほうがいい。平沢が今、何人かの知り合いを当たってくれている。

譲とは別れた。休みの日、彼は頻繁《ひんぱん》に千葉に行くようになった。娘は相変わらず、いじめられているらしい。

もういい、と思った。負け惜しみではなく、素直な気持ちだった。

なぜ、そんな心境になったのか、よく分からない。今回の人捜しで会った人たちの影響だとは思うのだが……。

一時期望んでいたような穏やかな生活はできないのは、少し残念だ。でも、そうとも限らない。自然の流れに従って生きたら、新しい何かが見えてくるような気もする。

「心配をかけてすまなかった。雄樹君のところにすぐに行こう」

羽田空港に迎えに来た遼子に会うなり棚田は、遼子の目を見てはっきりとそう言った。

遼子はその場で泣き崩れた。嬉しいのか、腹が立ったのか分からないと、本人が後で言っていた。

そして、先月、手術が行われた。経過は順調だと遼子から聞いている。

遼子の声は明るかった。

なぜ、棚田に対して、もっと腹を立てないのか不思議だった。結果オーライというほど、単純なものではないだろうし、過去への恨みもあるのではないか。

しかし、同時に思う。

弓枝や恵子はおそらく、過去への執着を手放し、激しい怒りから自分を解放したから、穏やかに生きられている。

北原総合病院に着くと、見舞客用の受付を探し、自分の名前と水原玲子の名を告げた。

病室は九階の特別病棟の個室だそうだ。

渡されたバッジをつけ、エレベーターに乗って九階まで上る。病室のドアをノックすると、張りのある女性の声が聞こえた。

「鹿川です、お邪魔します」

声をかけて中に入ると、白い短髪をピンで留めた老婦人がいた。小柄なほうのようだが、背筋がぴんと伸びているせいか、存在感がある。

ベッドの脇には、立野が立っていた。

この男が初めから事情を話していてくれたら、走りまわることにならなかったのだと思うと腹も立つが、いまさらそれを言ってもしかたがない。

それに、当初、下山は自分の失態を隠していたらしい。まさか、下山のせいで棚田が失踪するとは、立野は思わなかったのだろう。

水原玲子は、立野に冷蔵庫から飲みものを奈月に出したら、部屋を出るように言った。

立野は黙ってうなずき、奈月にペットボトルのお茶をくれると、一礼して出て行った。

「あなたにもずいぶんご迷惑をかけたようですね」

水原玲子はそう言うと、頭を深く下げた。

「それはもういいんです。お疲れになってはいけないから、あまり長く時間は取れないと下山さんから聞いているので、単刀直入に伺いますね。これは、単に私の興味本位で聞いていることなので、お答えになりたくない場合は、そうおっしゃってください」

「なんでも聞いてくださって結構ですよ」

「はい。では、遠慮なく。水原さんは、なぜ佐藤先生の手術を受けようと思ったんですか？　だいたいの事情は下山さんや柳原恵子さんから聞きましたが、その点だけよく分からないんです」

水原玲子は少し微笑んだ。

「あの子には、かわいそうなことをしました。医学部に入って頑張っていたのに、あんな事件が起きてしまって。話は聞きましたが、だいぶん、大阪のほうで苦労したようですね」

「でも、それがどうして棚田さんの手術を受けるということにつながるんでしょう?」

「佐藤、ということにしてください。ご本人には申し訳ないけれど、私は弘志のやったことを受け入れているし、今は医者として立派にやっているようだからできればそっとしておきたいんです。そうでなければ、あの子は医者を続けるわけにもいかなくなるでしょうし」

そうだった。

詳しい事情を話さずに、平謝りするという方法で、棚田は大下らの怒りを解いた。もとから仕事ぶりを評価されていたからだろう。

処分は二か月の休職。それは、懲罰《ちょうばつ》というより、むしろ温情《おんじょう》だったと思う。棚田は、自分の息子のことについては、包み隠さず打ち明け、どうしてもドナーになりたいと大下に言った。その結果が、二か月間の休職であり、その間に移植手術のドナーとなることができたのだ。大下から処分を言い渡されたとき、棚田は号泣したという。

ただし、本当は佐藤ではない、というところまでは、棚田は話さなかった。奈月も、今のところ、他言はしていない。

棚田が別人として生きて行くことに、抵抗がないわけではなかった。

他人になりすますのは、犯罪であり、犯罪者は取り締まるべきだ。何もなかったように、のうのうと生きていくことを許すべきではない。警察時代の自分だったら、迷わず棚田を断罪していただろう。

しかし、それが正しいのかどうか、今はよく分からない。

平沢からあれこれ聞かれ、少し迷ったがすべて自分の勇み足だったとして隠し通した。平沢は疑っていたが、ちょうどよいタイミングで放火事件が起き、そっちにかかり切りとなった。

棚田の今後を見守りたいと思う。彼の秘密を暴くかどうかは、今後の彼の生き方を見て決めたい。

老婦人は背筋をさらに伸ばした。

「あの子には、本当に申し訳ないことをしたと思っています。あの子の手術を受けようと思ったのは、もし、あの子がそう望むならば、私を殺せばいい、と思ったんです」

「えっ？」

思わず腰を上げかけた。

淡々とした口ぶりなのに、ぎょっとするようなことを言うものだと思いながら、水原玲子をまじまじと見る。表情は穏やかそのもので、冗談を言っているようには見えなかった。

「狭心症が発覚したとき、死んだら死んだでしょうがないと思いました。それでも、会社のことがありますし、地元でいろいろと活動もしているものですから、部下や周りの人たちが心配してくれて、ここの大下先生を見つけてくれました。そうしてここにやってきて、偶然、あの子を見つけたんです。自分の目を疑いましたよ。でも、見間違えではないと思いました。そして、本当に嬉しかった。お医者様になっていたんだなあって、天にも昇る心地でしたよ」

「だから、佐藤さんの手術を受けたいというのは、分からないでもないです。でも殺されてもいいというのは……」

水原玲子はうなずいた。

「私も手術の前で感傷的になっていたものだから、今となってはうまく話せないような気もするけど……。ともかく、私の人生を振り返ってみると、悔いが残っているのは、あの子のことだけだったんです。私は、人を傷つけたことのほうが、人に傷つけられたことのほうより、心に残ってしまう性質《たち》のようでしてね。そして、私が一番傷つけたのは、あの子でした」

譲の娘のことを思って、なんとなく目を伏せた。

「あの子の父親は、それはもう、私のことが好きでね。あの家に入った当時は、まだ奥さんが御存命でいらっしゃって、しかも入院していたから悪いと思わないでもなかったけれど、夫婦の心は完全に離れているように見えたんです。だから、いいんだって自分に言い聞かせていました。でも、子どもにとってみれば、ひどい話ですよね」

「では償いのために、という意味でしょうか」

「そうではないと思いますね。償い、という意味では、私は地域の若い人たちの力になれるよう、心がけてきました。それに、償いというものは、殺すだの殺されるだの、そういう生臭い感情とは無縁のものでしょう」

そう言うと、水原玲子はつぶやいた。

「意地、かもしれませんね。私がどんなことをしても、母親どころか人として認めようとしなかったあの子に対する。私を恨んでいて、私を殺せば気が晴れるというならば、どうぞそうしてほしい。そこまで私は、あなたのことを考えていたのだ、と示したかっただけかもしれません。今となっては、つまらない意地だと思いますが、そのときは、そんな気持ちだったような気がします。あるいは、許されたかったのかもしれません。無事に手術を終えて麻酔から覚めたら、あの子が私を許したということになるのではないか。そんなふうにも考えました」

複雑すぎて、奈月にはついていけない。

「あの子が私のことに気がついてくれるか、それだけが不安でした。だいぶん年を取りましたし、名前も変わっているでしょう。気がついてくれなければ、私の行為には意味がなくなります。だから、執刀医を大下先生からあの子に正式に替えてもらう前に、自分のことを知らせておきたいと思って下山に頼んだんですが、ああいうことになってしまって」

彼女はそう言うと、深く頭を下げた。

「あの子の息子の手術が成功したそうで、とてもよかったです。もし、あの子が間に合わなければ、私はさらに大きな悔いを残すことになっていたでしょう」

奈月は彼女に向かってうなずいた。それはその通りかもしれない。四人目。四人の人の役に立つことができた。そのことが素直に嬉しい。

ドアがノックされる音が聞こえた。

面会時間は終了ということらしい。

水原玲子に向かって静かに一礼した。

解説――幸福とは何かを問うノンストップ・サスペンス

文芸評論家　末國善己《すえくによしみ》

二〇一二年から、「国民の医療や医療制度に対する興味を喚起する小説を顕彰」することを目的に、日本医師会主催（協力・新潮社）の日本医療小説大賞がスタートした。このことからも明らかなように、近年、医療小説の人気が高まっている。

二〇〇二年、幼児の誘拐事件が臓器移植の闇を浮かび上がらせていく『感染』で第一回小学館文庫小説賞を受賞してデビューし、その後も、尊厳死を題材にした『無言の旅人』、代理出産を描いた『聖母《ホスト・マザー》』など、医療ミステリの傑作を次々と発表している仙川環も、間違いなく医療小説ブームを支えている作家の一人である。

退職したばかりの元刑事の鹿川奈月《かがわなつき》が、息子の生体肝移植のドナーになるための検査も、重要な手術も投げ出して姿を消した心臓外科医の佐藤基樹《さとうもとき》を追う本書『逃亡医』は、医療問題を正面から扱っているわけではないが、ノンストップ・サスペンスの中に、医療ミステリの名手らしい問題提起がちりばめられた作品となっている。

妻子と別居している譲《ゆずる》と交際し、将来は結婚を考えている奈月は、常連になっている喫茶店の店主で、シングルマザーの増田遼子《ますだりようこ》から相談を受ける。遼子の息子の雄樹《ゆうき》には先天性の肝臓疾患があり、遼子の肝臓を移植して一時は回復するも、再び悪化したという。そこで、十二年も音信不通だった雄樹の父・佐藤基樹を探し出し、ドナーになってもらう了承を取り付けたのだが、検査の直前に理由も告げず逃げ出したというのだ。遼子に、佐藤基樹を探して欲しいと頼まれた奈月は、捜索を開始するのである。

　刑事であれば、手帳を見せれば市民が情報を提供してくれるし、手続きをすれば個人情報保護法の壁も突破できる。だが刑事を辞めた奈月には、何の特権もない。この困難を乗り越え、奈月がどのように佐藤基樹を追うのかが、前半の読みどころとなる。

　奈月の調査によって、佐藤基樹には家族もおらず、職場の同僚とも大学時代の仲間ともほとんど私的な交流をしないで生活している事実が分かってくる。それでも奈月は、わずかな手掛かりから、佐藤基樹の実家が埼玉県の小さな町にあることを突き止める。だが、ようやく見つけた佐藤基樹の親戚は、最近の写真を見て絶対に別人だと証言する。途中で別の人間が、佐藤基樹になりすました可能性が出てきたのだ。

　タイトルや、逃げる医師と追う元刑事という図式を見ると、「リチャード・キンブル、職業医師。（中略）彼は身に覚えのない妻殺しの罪で死刑を宣告され、護送の途中、列車事故に遭って辛くも脱走した。（中略）髪の色を変え、重労働に耐えながら、犯行現場から走り去った片腕の男を捜し求める。彼は逃げる。執拗なジェラード警部の追跡をかわしながら」のナレーションで有名なアメリカのテレビドラマ『逃亡者』（原題“The Fugitive”）を思い浮かべる方も多いのではないだろうか。中盤以降は、奈月と佐藤基樹の視点をカットバックしながら、逃げる佐藤基樹の心理も掘り下げられていくので、本書が往年の名ドラマへのオマージュなのは間違いあるまい。

確かに、逃亡を続ける佐藤基樹が、かつて暮らした大阪、さらに西にある故郷を目指して旅を続け、奈月も佐藤基樹が「アカン」という大阪弁を使っていたという手掛かりを頼りに大阪へ向かう展開には、ロードノベル的な楽しさもある。

ただ、それだけでなく、（ネタバレになるので、詳しく書くことは避けるが）松本清張《まつもとせいちょう》『砂の器』や宮部《みやべ》みゆき『火車』を彷彿《ほうふつ》とさせるトリックも出てくるので、迫真のサスペンスに目を奪われていると、足をすくわれることになるだろう。

やがて、奈月のほかにも佐藤基樹を追っている男たちがいることが判明する。誰が、何の目的で佐藤基樹を探しているのか？　これも物語を牽引する重要な鍵になっていくだけに、物語が進むにつれて展開がよりスリリングになっている。終盤には、佐藤基樹の逃亡とはまったく無関係に思えた一文が、謎の男たちの正体に迫る重要な伏線であることも明かされるので、本格ミステリが好きでも満足できるはずだ。

本書はドナー探しが発端になるので、臓器移植という最新の医療技術には、子供の命を救いたいという親にプレッシャーをかけたり、貧しい発展途上国では臓器のブラックマーケットが生まれたりと、負の側面があることもさりげなく描かれている。

また、努力というよりも、執念とでも呼ぶべき強いこだわりを持って医者になった佐藤基樹の過去が浮かび上がるところは、医者になる覚悟も信念もないのに、偏差値が高いだけで医学部を受験する若者が増えている現状への批判のように思えた。

だが本書において著者は、医者に特有の問題ではなく、現代人なら誰もがシンパシーを抱けるような普遍的なテーマを描こうとしている。

人に語ることのできない壮絶な過去を持つ佐藤基樹は、都会の片隅でひっそりと生きている。頼るべき親戚も友人もいない佐藤基樹だが、医師として懸命に働き、患者にも信頼されていた。これに対し奈月は、親戚の不祥事に巻き込まれる形で刑事を辞めたものの、刑事時代の先輩・平沢《ひらさわ》から助言をもらい、今は不倫関係だが結婚を前提に付き合っている恋人の譲もいるので、決して孤独ではない。だがプライベートがないほど多忙ながら充実していた刑事でなくなった空白は大きく、結婚をめぐる譲の態度が煮え切らないこともあって、閉塞《へいそく》感に苦しんでいた。

現代社会では、友人や恋人がいなかったり、場の空気が読めなかったり、コミュニケーション能力が低かったりすると、すぐに不幸だと決めつけられる。だが、孤独だが仕事は充実している佐藤基樹は決して不幸ではないし、人間関係は豊かながら、生甲斐《いきがい》だった仕事をなくした奈月も幸福とはいえない。

何度も挫折しながら、医者になるという明確な目標を持ち続けていたからこそ絶望しなかった佐藤基樹と、刑事を辞めてようやく、自分には穏やかな生活より波乱万丈でも人に感謝される仕事が必要だと気付く奈月から見えてくるのは、将来に希望を持てない人が増えていることが、現代社会の最大の問題点であるという認識である。

佐藤基樹と奈月は仕事を心の支えにしているが、著者は働くことだけが人生の目標としているわけではない。本書には、家庭を第一に考えることで幸福になる人もいれば、売れっ子デリヘル嬢時代に佐藤基樹へ夢を託した女性や、主婦から実業界に進んで誰からも尊敬される経営者になった女性など、様々な登場人物が出てくる。それぞれのキャラクターが丁寧に肉付けされたリアルな存在だけに、読者は自分はどのような人生を選択すれば幸福になるかを考える切っ掛けになるはずだし、自分の価値観で他人の生き方を批判することが、どれほど愚かかにも気付くのではないだろうか。

佐藤基樹は故郷へ向かう旅を、夏樹は佐藤基樹の追跡を通して、それまでの人生を振り返り、ラストには新たな一歩を踏み出す決意も固める。同じように、静かながらバイタリティにあふれる佐藤基樹と奈月に接した読者も、明るく前向きな気分になれるように思える。その意味で本書は、閉塞感に覆われた現代社会に、風穴を開けるパワーを持った作品といっても過言ではないのである。

（この作品『逃亡医』は、平成二十三年八月、小社から四六判で刊行されたものです）

一〇〇字書評

逃亡医

切り取り線

購買動機（新聞、雑誌名を記入するか、あるいは○をつけてください）	
□（　　　　　　　　　　）の広告を見て	
□（　　　　　　　　　　）の書評を見て	
□ 知人のすすめで	□ タイトルに惹かれて
□ カバーが良かったから	□ 内容が面白そうだから
□ 好きな作家だから	□ 好きな分野の本だから

・最近、最も感銘を受けた作品名をお書き下さい

・あなたのお好きな作家名をお書き下さい

・その他、ご要望がありましたらお書き下さい

住所	〒				
氏名		職業		年齢	
Eメール	※携帯には配信できません	新刊情報等のメール配信を 希望する・しない			

この本の感想を、編集部までお寄せいただけたらありがたく存じます。今後の企画の参考にさせていただきます。Eメールでも結構です。

いただいた「一〇〇字書評」は、新聞・雑誌等に紹介させていただくことがあります。その場合はお礼として特製図書カードを差し上げます。

前ページの原稿用紙に書評をお書きの上、切り取り、左記までお送り下さい。宛先の住所は不要です。

なお、ご記入いただいたお名前、ご住所等は、書評紹介の事前了解、謝礼のお届けのためだけに利用し、そのほかの目的のために利用することはありません。

〒一〇一‐八七〇一
祥伝社文庫編集長　坂口芳和
電話　〇三（三二六五）二〇八〇

祥伝社ホームページの「ブックレビュー」からも、書き込めます。
http://www.shodensha.co.jp/bookreview/

祥伝社文庫

逃亡医《とうぼうい》

平成26年9月10日　初版第1刷発行

著　者　仙川環《せんかわたまき》

発行者　竹内和芳

発行所　祥伝社《しょうでんしゃ》

東京都千代田区神田神保町3-3
〒101-8701
電話　03（3265）2081（販売部）
電話　03（3265）2080（編集部）
電話　03（3265）3622（業務部）
http://www.shodensha.co.jp/

印刷所　萩原印刷
製本所　ナショナル製本
カバーフォーマットデザイン　芥 陽子

 ISBN978-4-396-34062-9 C0193

祥伝社文庫の好評既刊

祥伝社文庫の好評既刊

祥伝社文庫の好評既刊

小池真理子
蔵の中

秘めた恋の果てに罪を犯した女の、狂おしい心情！　半身不随の夫の世話の傍らで心を支えてくれた男の存在。

小池真理子
午後のロマネスク

懐かしさ、切なさ、失われたものへの哀しみ……幻想とファンタジーに満ちた十七編の掌編小説集。

小池真理子
新装版　間違われた女

一通の手紙が、新生活に心躍らせる女を恐怖の底に落とした。些細《ささい》な過ちが招いた悲劇とは――。

近藤史恵
カナリヤは眠れない

整体師が感じた新妻の底知れぬ暗い影の正体とは？　蔓延する現代病理をミステリアスに描く傑作、誕生！

近藤史恵
茨姫《いばらひめ》はたたかう

ストーカーの影に怯《おび》える梨花子《りかこ》。対人関係に臆病な彼女の心を癒《いや》す、繊細で限りなく優しいミステリー。

近藤史恵
Shelter

心のシェルターを求めて出逢った恵といずみ。愛し合い傷つけ合う若者の心に染みいる異色のミステリー。

祥伝社文庫　今月の新刊

楡 周平
介護退職
堺屋太一さん、推薦！ 少子晩産社会の脆さを衝く予測小説。

西村京太郎
SL「貴婦人号の犯罪」 十津川警部捜査行
消えた鉄道マニアを追え——犯行声明は〝SL模型〟!?

椰月美智子
純愛モラトリアム
まだまだ青い恋愛初心者たちを描く八つのおかしな恋模様。

夏見正隆
チェイサー91
日本の平和は誰が守るのか!? 圧巻のパイロットアクション。

仙川 環
逃亡医
心臓外科医はなぜ失踪した？ 女刑事が突き止めた真実とは。

神崎京介
秘宝
失った赤玉は取り戻せるか？ エロスの源は富士にあり！

小杉健治
人待ち月 風烈廻り与力・青柳剣一郎
二十六夜に姿を消した女と男。手掛りもなく駆落ちを疑うが。

岡本さとる
深川慕情 取次屋栄三
なじみの居酒屋女将お染の窮地に、栄三が下す決断とは？

仁木英之
くるすの残光　月の聖槍
異能の忍び対甦った西国無双。天草四郎の復活を目指す戦い。

今井絵美子
木《こ》の実《み》雨《あめ》 便り屋お葉日月抄
泣き暮れる日があろうとも、笑える明日があればいい。

犬飼六岐
邪剣 鬼坊主不覚《ふがく》末法帖
欲は深いが情には脆い破戒僧。陽気に悪を断つ痛快時代小説。